J BLU
Blume, Judy.
Superfudge

D0069805

ALFAGUA

EAGLE VALLEY LIBRARY DISTRICT
06 000 324133

Superfudge

Judy Blume

Traducido por Asun Balzola

ALFAGUARA

Título original en inglés:
Superfudge

© 2000, 1996, Santillana USA Publishing Company, Inc.
2105 NW 86th Avenue, Miami, FL 33122
© Del texto: 1980, Judy Blume

Alfaguara es un sello editorial del **Grupo Santillana.**
Éstas son sus sedes:

ARGENTINA, BOLIVIA, CHILE, COLOMBIA, COSTA RICA,
ECUADOR, EL SALVADOR, ESPAÑA, ESTADOS UNIDOS,
GUATEMALA, MÉXICO, PANAMÁ, PERÚ, PUERTO RICO,
REPÚBLICA DOMINICANA, URUGUAY Y VENEZUELA

ISBN: 1-56014-665-6

Impreso en Estados Unidos

Todos los derechos reservados.
Esta publicación no puede ser reproducida, ni en todo ni
en parte, ni registrada en, o trasmitida por un sistema de
recuperación de información, en ninguna forma ni por
ningún medio, sea mecánico, fotoquímico, electrónico,
magnético, electroóptico, por fotocopia o cualquier otro,
sin el permiso previo por escrito de la editorial.

Para Larry,
porque sin él no existiría un Fudge,
y para todos los lectores que me
pidieron escribiera otro libro sobre él.

Peter y Tootsie y Fudge y Peter y Tootsie y Fudge

Índice

Capítulo 1

¿A que no lo adivinas, Peter?

No me iba mal por aquel entonces, hasta que mi madre y mi padre soltaron la bomba. ¡Pumba! ¡Como si nada!

—Tenemos algo fantástico que contarte, Peter —me dijo mamá antes de cenar. Ella estaba cortando zanahorias para la ensalada y le cogí una.

—¿El qué? —le pregunté. Pensé que a lo mejor a papá le habían hecho presidente de la agencia de publicidad donde trabaja o que mi profe les habría llamado diciendo que, aunque no tengo las mejores notas de mi curso, soy el chico más listo de la clase.

—Vamos a tener un bebé —dijo mamá.

—Van a... ¿qué? —le dije, y se me atragantó lo que comía. Papá me dio unas palmadas en la espalda y enseguida de mi boca volaron pedacillos de zanahoria masticados, que fueron a parar a la repisa de la cocina. Mamá los limpió con un trapo.

—A tener un bebé —dijo papá.

—Quieres decir que... ¿estás embarazada? —le pregunté a mamá.

—Sí —me contestó, palmeándose la tripa—. Casi de cuatro meses.

—¡Cuatro meses! ¡Hace cuatro meses que lo sabes y no me habías dicho nada!

—Queríamos estar seguros —dijo papá.

—¿Y necesitabais cuatro meses para estar seguros?

—El ginecólogo me ha visto hoy por segunda vez —dijo mamá—. El bebé llegará en febrero. —Alargó la mano e intentó hacerme un remolino en el pelo; pero me aparté antes de que me tocara.

Papá destapó el puchero del fuego y empezó a revolver el guisado. Mamá siguió cortando zanahorias. Ni que estuviéramos hablando del tiempo.

—¿Cómo habéis podido? —grité—. ¿Cómo? ¿Es que con uno no tenemos bastante?

Mis padres me miraron.

—Sí, ¡otro Fudge! ¡Justo lo que esta familia necesita! —di media vuelta y me fui corriendo.

Mi hermano Fudge, que tiene cuatro años, estaba en la sala. (Fudge no es su nombre verdadero. Mis padres le empezaron a llamar así desde que estaba en la cuna. Ellos decían que el pesado era tan dulce como el *fudge*.[1]) El tío estaba poniéndose ciego de galletas y se reía como un lunático, viendo "Barrio Sésamo" en la tele. Le miré y pensé que tendría que volver otra vez a pasar por lo mismo: patadas, alaridos, porquerías, y muchas pero muchas otras cosas por el estilo. Estaba tan rabioso que pegué una patada en la pared.

Fudge se dio la vuelta.

—¡Hola, Peter! —me dijo, pronunciando mi nombre con acento británico.

---

[1] *fudge*: dulce cremoso, hecho por lo general, con azúcar, leche y mantequilla.

—¡Eres un monstruo! —le chillé, y el tío me tiró un montón de galletas encima.

Me escapé a mi cuarto y di un portazo tan fuerte que el mapamundi se cayó de la pared y aterrizó en mi cama.

Mi perro Tortuga soltó un ladrido. Abrí la puerta lo suficiente como para que pudiera salirse fuera de la habitación y volví a dar un portazo cuando salió. Saqué del armario mi bolsa Adidas y vacié dos cajones en ella.

—Otro Fudge —me dije—. Van a tener otro Fudge.

Entonces llamaron a mi puerta. Era papá.

—Peter...

—¡Márchate! —le dije.

—Me gustaría hablar contigo —dijo.

—¿De qué? —le contesté. Como si no lo supiera.

—Del bebé.

—¿De qué bebé?

—Ya sabes de qué bebé.

—No necesitamos a ningún otro bebé.

—Lo necesitemos o no, está por llegar —dijo papá—. Así que, mejor será que te vayas acostumbrando a la idea.

—¡Eso, nunca!

—Bueno, ya hablaremos más tarde. Ahora, lávate las manos que vamos a cenar.

—No tengo hambre.

Cerré la cremallera de mi bolsa, cogí una cazadora y abrí la puerta. No había nadie. Crucé el recibidor y vi que mis padres estaban en la cocina.

—Me voy —les anuncié—. No voy a quedarme aquí de brazos cruzados, esperando a que nazca otro Fudge. Adiós.

No me moví. Me quedé allí parado, esperando a ver qué hacían ellos.

—Y, ¿a dónde vas a ir? —me preguntó mamá. Sacó cuatro platos del aparador y se los pasó a papá.

—A casa de Jimmy Fargo —le contesté, aunque la verdad es que hasta ese mismo momento no se me había ocurrido pensarlo.

—Su apartamento sólo tiene un dormitorio —dijo mamá—. Vais a estar un poco apretados.

—Bueno, pues iré a casa de la abuela. Se pondrá muy contenta de verme.

—La abuela ha ido a Boston a ver a la tía Linda.

—¡Oh!

—Así que, ¿por qué no te lavas las manos y cenas y luego piensas a dónde irás? —dijo mamá.

Yo no quería admitir que tenía hambre, pero sí la tenía; y, además, de los cacharros salía un olorcito riquísimo y se me estaba haciendo la boca agua. Así que dejé mi bolsa Adidas, crucé el recibidor y me fui al baño.

Fudge estaba en el lavabo, subido en su taburete y embadurnándose las manos con tres palmos de espuma de jabón.

—¡Hola, tú debes ser Beto! —me dijo, imitando la voz de uno de los personajes de "Barrio Sésamo"—. Yo me llamo Ernesto. Gusto en verte —y me ofreció una de sus manitas jabonosas.

—Súbete las mangas, que estás hecho una porquería —le dije.

—Porquerías, porquerías...; me gusta hacer porquerías —canturreó.

—Ya lo sabemos; ya lo sabemos... —le dije. Puse las manos bajo el grifo y me las sequé en los vaqueros.

Cuando nos sentamos a la mesa, Fudge se acomodó en su silla. Como no le gustan los cojines, tiene que arrodillarse en la silla porque, si no, no alcanza la mesa.

—Peter no se ha lavado las manos con jabón —dijo—. Sólo con agua.

—Pedazo de... —le dije yo, pero Fudge ya estaba charloteando con mi padre, tan contento.

—¡Hola!, yo me llamo Beto. Tú serás Ernesto, ¿no?

—Sí, claro —le contestó mi padre, siguiéndole la corriente—. ¿Qué tal estás, Beto?

—Pues, hombre, te diré: el hígado se me está poniendo verde y se me están cayendo las uñas de los pies.

—Lo siento mucho, Beto —dijo mi padre—. ¡Mañana será otro día!

—Sí, eso —dijo Fudge.

Me serví puré de patata en el plato y luego le eché encima un montón de salsa.

—¿Os acordáis de cuando le llevamos a Fudge al "Paraíso de la Hamburguesa" y embadurnó las paredes de puré de patata?

—¿Yo hice eso? —preguntó Fudge muy interesado.

—Sí —le contesté—, y te tiraste un plato de guisantes por la cabeza.

Mi madre empezó a reírse: —No me acordaba para nada de ese día —dijo.

—¡Qué pena que no te acordaras de eso antes de decidir tener otro bebé! —le dije.

—¿Bebé? —preguntó Fudge. Papá y mamá se miraron el uno al otro y me di cuenta de que no le habían contado la buena nueva.

—Sí, vamos a tener un bebé —dijo mamá.

—¿Mañana? —preguntó Fudge.

—No, mañana no —contestó mamá.

—¿Cuándo entonces? —preguntó Fudge.

—En febrero —respondió papá.

—Enero, febrero, marzo, abril, mayo... —recitó Fudge.

—Vale, tío, vale —le dije—. Ya sabemos que eres muy listo.

—Diez, veinte, treinta, cuarenta, cincuenta...

—¡Basta ya! —le dije.

—A, B, C, D, E, F, G, R, B, Y, Z...

—¿No hay nadie que lo pare? —dije yo.

Fudge se quedó callado unos minutos y después les preguntó.

—¿Cómo va a ser el bebé?

—Esperemos que no sea como tú —le contesté.

—¿Por qué no? Yo era un niño muy bueno, ¿verdad, mamá?

—Eras un bebé muy particular, cielo —dijo mamá.

—¿Lo ves? Era un niño muy particular —me dijo Fudge.

—Y Peter era un niño muy dulce —dijo mamá—, muy callado.

—Qué suerte que fui el primero porque, si no, a lo mejor no hubieras tenido más niños —le dije.

—¿Yo era un bebé callado? —preguntó Fudge.

—No diría yo eso —le respondió papá.

—¡Quiero ver al bebé! —dijo Fudge.

—Ya lo verás.

—¡Ahora!

—Ahora no puedes verlo —dijo papá.

—¿Por qué?

—Porque lo llevo dentro —dijo mamá.

"Bueno" —pensé—, "aquí viene la gran pregunta". Cuando yo la hice, me regalaron un libro que se llama *De dónde vienen los niños*. "¿Qué le dirían papá y mamá a Fudge?" Pues no le dijeron nada porque él no les hizo ninguna pregunta. En cambio, empezó a pegar con la cuchara en el plato diciendo:

—¡Quiero ver al bebé! ¡Quiero ver al bebé ahora!

—Pues tendrás que esperar a febrero, como todos —dijo papá.

—¡Ahora! ¡Ahora! ¡Ahora! —chilló Fudge.

"Otros cinco años así" —pensé—. "Quizá más. Y quién me dice a mí que no les va a dar ahora por tener un hijo detrás de otro".

—Perdón —me disculpé y me levanté de la mesa. Fui a la cocina y cogí mi bolsa Adidas. Después me quedé parado en la puerta—: Bueno, será mejor que me vaya —dije e hice algo así como un gesto de adiós.

—¿Dónde va Peter? —preguntó Fudge.

—Me marcho —le contesté—; pero volveré de visita. Algún día.

—¡No! ¡No te vayas, Peter! —Fudge bajó de su silla de un salto y vino corriendo hacia mí; se agarró a mi pierna y empezó a berrear.

—¡Peter! ¡Peter! ¡Llévame contigo!

Intenté quitármelo de encima, pero me fue imposible. El tío es muy fuerte cuando quiere. Eché una mirada a mis padres y luego a mi hermano, que me miró igual que mi perro Tortuga cuando quiere una galleta.

—Si sólo supiera cómo va ser el bebé... —dije.

—Prueba a ver cómo resulta, Peter. No tiene por qué parecerse a Fudge —me dijo papá.

—Pero tampoco tiene por qué no parecerse a él.

Fudge me dio un tirón en la pierna.

—Yo quiero que sea un bebé muy particular. Como yo.

—Si creéis que va a dormir en mi cuarto, estáis locos —les dije.

—El bebé dormirá por aquí, en el área del comedor —dijo mamá.

—¿Y dónde vamos a comer nosotros?

—Bueno, hombre, ya pensaremos en algo.

Cogí mi bolsa otra vez e intenté quitármelo a Fudge de encima.

—Vale, me quedo; pero si, cuando llegue el bebé, no me cae bien, me voy.

—Yo también —dijo Fudge—. Sam ha tenido un hermano y huele muy mal —se tapó la nariz—. ¡Puaj!

—¿Quién quiere postre? —preguntó papá—. Hay flan de vainilla.

—Yo quiero... yo quiero —dijo Fudge. Soltó mi pierna y volvió a su silla.

—¿Y tú, Peter? —preguntó papá.

—Claro, ¿por qué no? —y me senté otra vez a la mesa.

Mamá se acercó y me revolvió el pelo. Esta vez le dejé hacerlo.

Capítulo 2

Cuchi, cuchi

Antes de acabar la semana, Fudge hizo la gran pregunta: —Mami, ¿cómo hizo el bebé para estar dentro de ti?

Entonces mamá me pidió prestado el libro *De dónde vienen los niños* y se lo leyó.

En cuanto mi hermano se enteró de cómo estaban las cosas, empezó a explicarle a todo el mundo y con lujo de detalles cómo mamá y papá habían hecho el bebé. Se lo contó a Henry, el ascensorista de mi casa.

—Te viene un poco ancho el tema, chico —le dijo éste.

Se lo contó a la cajera del supermercado. Sus ojos se fueron abriendo a más y mejor, hasta que mamá le dijo a Fudge:

—¡Basta ya, cielo!

—Pero, mamá, ¡si me falta lo mejor! —le contestó mi hermano.

—Peter —me dijo mamá—, hace mucho calor: ¿por qué no lo sacas de aquí?

En el autobús, Fudge se fijó en una señora embarazada y le dijo:

—Ya sé lo que llevas ahí y ya sé cómo te lo metiste en la tripa —y la señora se levantó y se fue a sentar a otro lado.

Se lo dijo a la abuela, quien le preguntó a mamá:

—Ana, ¿crees que es bueno que el niño sepa tanto sobre el asunto? En mis tiempos hablábamos de la cigüeña.

—¿Qué es una cigüeña? —preguntó Fudge.

—Un pájaro grande —le contesté.

—¿Como el de "Barrio Sésamo"?

—No, exactamente.

—Me gustan los pájaros. Cuando sea mayor quiero ser pájaro —dijo.

—Tú no puedes ser pájaro —le dijo la abuela.

—¿Por qué no?

—Porque eres un niño.

—¿Y qué? —le contestó Fudge, riéndose como un loco y dando volteretas por el suelo.

Fudge no dejó de hablar sobre el asunto, que se había convertido en su tema favorito. Se lo contó a la profe de la guardería, que se quedó tan impresionada que le llamó a mamá por teléfono para que fuera a la guardería, porque los niños tenían cantidad de preguntas que hacerle. Así que mamá fue y se lo pasó tan bien que se ofreció para venir también a mi cole. Le dije que ni hablar.

Yo no le había dicho a nadie lo del bebé, exceptuando a Jimmy Fargo. A Jimmy le cuento todo. Y también lo sabía Sheila Tubman porque vive en nuestro bloque y vio que mamá estaba embarazada.

—Es un poco vieja para tener un niño, ¿no? —me preguntó una tarde.

—Tiene treinta y cuatro años —le respondí.

Abrió la boca como un buzón.

—¡Ah, pues sí que es vieja la tía!

—No tanto como la tuya —le contesté. No sabía cuántos años tenía Sheila, pero su hermana Libby tenía trece; así que pensé que su madre sería mayor que mamá.

—Pero, no es mi madre la que va a a tener un niño...

—No..., pero... —no se me ocurrió nada mejor que decir. De todos modos, tampoco sabía a qué quería llegar Sheila.

Cuando subí a casa, le pregunté a mamá:

—¿A los treinta y cinco años se es demasiado viejo para tener un niño?

—No, ¿por qué?

—Bueno, por nada.

—La abuela la tuvo a la tía Linda a los treinta y ocho.

—¡Ah! —Qué tranquilidad: mi madre no era la mujer más anciana del mundo que iba a tener un hijo y Sheila hablaba por hablar, como siempre.

El 26 de febrero, cuando fuimos toda la clase a visitar el Museo de Arte Metropolitano, nació mi hermana, justo cuando estábamos estudiando las momias en las salas egipcias.

La llamaron Tamara Roxana, pero durante varias semanas todo el mundo la llamó El Bebé: "El Bebé está llorando"; "El Bebé tiene hambre"; "Calla que El Bebé está durmiendo"...

Luego, mamá empezó a llamarla Tootsie y a decirle las típicas tonterías de: "¿Cómo está mi pequeña Tootsie?" (Como si la otra le pudiera responder...); "¿Hay que cambiarle el pañalito a mi Tootsie?" (¿Y todavía lo pregunta...?); "¿Tiene hambre mi Tootsie?" (Sí, casi todo el tiempo...).

Y la pequeña Tootsie de mamá no dormía más de dos horas seguidas. Sus berridos me despertaban todas las noches. Tortuga, que duerme a los pies de mi cama, también se despertaba y se ponía a ladrar a su mismo compás: ¡Vaya dúo!

***

Para cuando cumplió un mes, todos la llamaban Tootsie. A mí me pareció que esto le iba a traer problemas. Traté de advertirles a mamá y a papá de lo que podía ocurrir.

—Cuando vaya al cole, le van a tomar el pelo cantidad con un nombre así.

Mamá y papá se rieron.

—¡Qué gracioso eres, Peter!

Yo no me estaba haciendo el gracioso para nada. Sé lo que digo, pero no puedo hacer nada. Tengo un hermano apodado Fudge y, ahora, una hermana a la que le llaman Tootsie[2]. A lo mejor lo que quieren mis padres es poner una fábrica de dulces. Me pregunto cómo pude escapar yo a esa manía familiar.

Tootsie era mucho más pequeña de lo que había pensado, pero tenía fuerza la tía. Me di cuenta el día en que Fudge le quiso arrancar los dedos de los pies.

—Quería ver qué pasaba —dijo, cuando Tootsie se echó a llorar.

—¡No lo vuelvas a hacer nunca más! —le dijo mamá—. ¿Te gustaría que Peter te hiciera lo mismo?

---

[2] "Tootsie" es una marca de dulces vendidos en Estados Unidos.

No pude evitar la risa.

—Peter ya sabe que mis dedos no se arrancan —dijo Fudge.

—Bueno, ¡pues los de Tootsie tampoco!

***

Una tarde, al volver del cole, no encontré a Tootsie en su cuna. Pensé que mamá le estaría dando de comer; así que fui a su cuarto a saludarla. Mamá estaba tumbada en la cama, tapándose los ojos con las manos.

—¡Hola! —le dije—. ¿Dónde está Tootsic?

—En su cuna, durmiendo— murmuró.

—No, no está —le dije.

—Que sí. Que la acabo de dejar ahí.

—Te digo que acabo de mirar en su cuna y no está.

Mamá se retiró las manos de la cara.

—¿Qué estás diciendo, Peter?

—Te digo que no está en la cuna.

Mamá dio un salto.

—Entonces, ¿dónde está?

Fuimos corriendo al área donde antes comíamos. Mamá miró en la cuna, pero Tootsie no estaba allí.

—¡No es posible! —gritó mamá—. ¡La han raptado!

—No sé quién iba a querer raptarla —dije e inmediatamente me arrepentí.

—¡Llama a la policía, Peter!... —dijo mamá—. No, espera; ¡llama primero a papá!... No, ¡llama a la policía!... ¡Marca el 911!

—Espera un minuto, mamá. ¿Dónde está Fudge?

—¿Fudge? En su cuarto, supongo —se quedó pensativa un momento—. ¿No estarás pensando que...?

Echamos a correr al cuarto de Fudge, que estaba jugando con sus coches miniatura y oyendo el disco de "Puff, el dragón mágico".

—¿Dónde está Tootsie? —le preguntó mamá.

—¿Tootsie? —dijo Fudge con una voz muy parecida a la que yo utilizo cuando no quiero contestar a una pregunta.

—¡Sí, Tootsie! —respondió mamá, alzando la voz.

—Está escondida —dijo Fudge.

—¿Qué estás diciendo?

—Estamos jugando un juego —contestó Fudge.

—¿Quién está jugando? —le preguntó mamá.

—Nosotros —dijo Fudge—: Tootsie y yo.

—Tootsie no puede jugar. Todavía es muy pequeña para jugar.

—Pero yo le ayudo —dijo Fudge—; le ayudo a esconderse.

—Fudge —dijo mamá; y me di cuenta de que mi hermano se la iba a ganar de un momento a otro—, ¿dónde está Tootsie?

—No te lo puedo decir. Se enfadaría muchísimo.

Un segundo antes de que mi madre explotara, se me ocurrió algo.

—Vamos a jugar a "Caliente, caliente" —le dije a Fudge—. Tú me sigues y, cuando esté cerca de Tootsie, dices "caliente" y, cuando me aleje, dices "frío". ¿Lo has cazado?

—Me encantan los juegos —dijo Fudge.

—Vale. ¿Estás listo?

—Listo.

—Pues, vamos —crucé el recibidor y me dirigí a la sala.

—Frío... frío... frío... —canturreó Fudge.

Me metí en la cocina.

—Frío... frío... frío...

Fui al recibidor principal.

—¡Caliente, caliente! —chilló mi hermano.

Abrí el armario.

—¡Muy caliente, muy caliente! ¡Cuidado, que te quemas!

Se puso a saltar, aplaudiendo con las dos manos.

Tootsie estaba en el fondo del armario, medio dormida en su sillita. Mamá se la llevó a los brazos.

—¡Oh, gracias al cielo, mi pequeña Tootsie está sana y salva! —Mamá la volvió a meter en la cuna y luego se descontroló—. Estoy muy enfadada contigo Fudge. ¡Has hecho una verdadera maldad! —gritó.

—Pero, ¡si le gusta mucho jugar! —dijo Fudge.

—¿La has escondido otras veces?

—Sí.

—¡No vuelvas a hacerlo nunca más! ¿Me entiendes, Fudge?

—No.

—¡Es que no te la puedes llevar por ahí como si nada!

—Pero, ¡si no pesa!

—A los bebés hay que llevarlos de un modo muy especial.

—¿Quieres decir como las mamás gatas llevan a sus gatitos? —le preguntó Fudge.

—Sí, justo —le respondió mamá.

Fudge se echó a reír.

—¡Pero tú no llevas a Tootsie en la boca!

—No, no lo hago; pero la llevo con mucho cuidado para que no se haga daño.

—¿Me quieres, mamá?

—Sí, mucho.

—Entonces, ¡échala de casa! —dijo Fudge—. Estoy hasta el gorro de ella. No me divierte nada.

—Algún día te divertirá y, además, podrás jugar con ella al escondite; pero tienes que esperar un poco, porque todavía es muy pequeña.

—No quiero esperar. ¡Quiero que te deshagas de ella ya!

—Pero, Tootsie es nuestro bebé.

—¡No! ¡Yo soy tu bebé!

—Tú eres mi pequeñín.

—No, ¡yo soy tu bebé!

—Bueno —dijo mamá—, pues eres mi bebé.

—Pues, entonces, cógeme en tus brazos como la coges a Tootsie.

Mamá abrió los brazos y Fudge saltó hacia ellos. Puso la cabeza en el hombro de mamá; se metió los dedos en la boca y empezó a chupeteárselos.

Ya sé que parecerá estúpido; pero creo que por un minuto hubiera querido yo también ser el bebé de mamá.

***

Después de aquello, a Fudge le dio por vender a la nena en cuanto se encontraba con alguien.

—¿Te gustá el bebé? —decía.

—¡Ay, sí! ¡Es adorable!

—Pues te lo puedes quedar por 25 centavos.

Y como eso no le funcionó, intentó regalarla.

—Tenemos un bebé ahí arriba. Puedes quedártelo. Gratis y todo.

Y como eso tampoco le funcionaba, intentó pagar para que se la llevaran.

—Te doy 25 centavos, si te la llevas a tu casa y no nos la traes nunca más.

Lo intentó con Sheila Tubman.

—Mi madre me dijo que, cuando yo nací, Libby también quería deshacerse de mí —dijo Sheila.

"No es de extrañarse" —pensé yo.

—Pero se le pasó; y a ti también se te pasará —le dijo a Fudge.

Fudge le dio una patada y luego se fue corriendo por el recibidor.

Sheila se quedó junto a la cuna de Tootsie y me dijo:

—Es una suerte que no se parezca a ti, Peter.

—¿Qué quieres decir con eso?

—Mírate al espejo de vez en cuando —me contestó y luego se dirigió a Tootsie—: ¡Cuchi, cuchi, cuchi!

—Oye, que nosotros le hablamos como a una persona —le dije.

—Pero es que no es una persona. Es un bebé.

—Aunque sea un bebé, no tienes por qué hacerle ruidos estúpidos.

—Pero a ella le gustan. Mira, si le hago cosquillas debajo de la barbilla, se ríe.

—Parece que se ríe, pero son gases.

—¡Qué va! Tootsie me está sonriendo, ¿verdad que sí, chiquitina mía, preciosa?

Efectivamente parecía que Tootsie le sonreía; pero,

¿cómo podría alguien sonreírle a Sheila Tubman? Ni siquiera un bebé.

Esa misma noche, Fudge se subió a la cuna de Tootsie.

—Yo soy el bebé —dijo—: Gu, gu, da, da.

Papá lo sacó de allí.

—Tú eres un chico grande que duerme en cama de chico grande.

—No. Yo soy un bebé. Buá, buá, buá...

Decidí que era el momento de tener una conversación con el chaval; así que le dije:

—Oye, Fudge, ¿quieres que te lea un cuento?

—Sí.

—Vale, pues métete en la cama y ahora mismo voy.

Me lavé los dientes y me puse el pijama. Cuando entré en el cuarto de Fudge, él estaba sentado en su cama, con su libro favorito sobre la tripa: *Arturo el comehormigas*.

—Lee —me dijo.

Me senté a su lado.

—¿No te cansas de hacerte el bebé? —le pregunté.

—No.

—Creí que querías ser como yo.

—Sí.

—Pues no puedes ser como yo y ser bebé al mismo tiempo.

—¿Por qué no?

—Pues porque los bebés no pueden hacer nada de nada, tío. Lo único que hacen es comer, dormir y llorar. No son nada divertidos.

—Entonces, ¿por qué dicen todos que Tootsie es fenomenal?

—Porque es nueva. Ya se cansarán. Es mucho mejor ser mayor —le dije.

—¿Por qué?

—Porque tenemos más privilegios.

—¿Qué son "privilegios"?

—Significa que nosotros hacemos cosas que ella no puede.

—¿Como qué?

—Como quedarnos levantados hasta tarde y... ver la tele y..., bueno, cantidad de cosas.

—Yo no me quedo levantado hasta tarde. Tú sí.

—Porque soy el mayor; pero tú te quedarás más tarde que Tootsie.

—¿Cuándo?

—Cuando tú tengas ocho años y ella cuatro. Entonces te acostarás la mar de tarde e irás al colegio y sabrás leer y escribir y ella no y, además, pues...

—Lee —dijo él, metiéndose bajo las sábanas.

—¿Vas a parar de hacerte el canijo? —le pregunté.

—Me lo pensaré —me contestó.

—Vale, eso ya es algo.

Se quedó dormido antes de que acabara el libro. Le arreglé las mantas, apagué la luz y después fui al baño y me estuve mirando detenidamente en el espejo. "¿Qué quiso decir Sheila Tubman? Yo soy el mismo de siempre. ¿Y por qué tuvo que decir eso de que Tootsie tenía suerte porque no se parecía a mí? A no ser que sea por mis orejas. Últimamente se me hacen demasiado grandes". Intenté pegármelas a los lados de la cabeza. "Bueno, así no se ven tan mal" —pensé—. "A lo mejor podría pegármelas con adhesivo todas las mañanas, pero sería mucho trabajo. Si me dejo el pelo largo, las podría esconder. Sí. Eso es justo lo que voy a hacer: dejarme crecer el pelo hasta cubrirlas".

Bostecé. Cuando bostezo mientras me miro en el espejo, me veo las amígdalas.

Me fui a mi cuarto, me metí en la cama y me quedé dormido. Al fin y al cabo, ¿a quién le importa lo que diga Sheila Tubman?

Capítulo 3

Otro notición

Sin lugar a dudas, las cosas en casa habían cambiado. A la noche llegaba papá del trabajo, cargado de bolsas de la compra y era él quien se encargaba de preparar la cena. La lavadora estaba siempre en marcha. Cada vez que Tootsie comía, echaba sus eruptos; y la mitad de lo que le había entrado, salía otra vez para afuera. Había que cambiarla unas seis veces al día. Fudge, sin embargo, primero empezó a mearse encima, como cuando era muy pequeño y después a mojar la cama otra vez. Mamá y papá dijeron que era algo pasajero y que teníamos que tener paciencia, que ya se le pasaría. Les sugerí que le volvieran a poner pañales, pero no me hicieron caso.

Una tarde mi madre se echó a llorar. En mis narices.
—¿Qué pasa? —le pregunté.
—¡Estoy tan cansada! —me contestó—. ¡Hay tanto que hacer que a veces no sé ni cómo voy a poder acabar la semana!
—Eso te pasa por haber tenido otro bebé —le dije; pero se puso a llorar aún más fuerte. Me da pena; pero, por otro lado, me pone de mal humor.
Mi abuela se vino unos días para echarnos una mano y mamá le encargó a Libby Tubman que viniera a

cuidar de Fudge después del cole. Yo me quedaba en casa de Jimmy Fargo hasta la hora de cenar: de todos modos, nadie parecía echarme mucho de menos.

***

A mediados de mayo, las cosas empezaron a mejorar. Tootsie dormía hasta cuatro horas de un tirón y por las noches más, incluso. Papá y mamá preparaban la cena juntos; mamá hablaba de volver a la uni a estudiar historia del arte, cosa que me sorprendió, porque desde que nací, siempre había trabajado como asistente de un dentista.

—Y, ¿por qué historia del arte? —le pregunté.

—Porque siempre me ha gustado.

—¿Y los dientes? ¿Es que ya no te gustan los dientes?

—Bueno, sí; pero no tanto como la historia del arte. Creo que me apetece un cambio.

—¿Y no te parece que ya es bastante cambio tener a Tootsie?

—Sí, claro; pero algún día crecerá e irá al colegio, y yo, la verdad es que quiero tener una carrera.

—Vale —le dije; pero no estaba muy seguro de haberle entendido.

***

El último día de cole, hicimos una fiesta en la clase, con magdalenas y un batido de frutas guay, llamado Isla Tropical. Y me bebí ocho vasos de batido porque me encanta. Mamá dice que soy un adicto; y yo le contesto:

—Sí, señora; y, si me abrieras las venas, verías que

corren por mi sangre siete sabores distintos de frutas.

Después de beber ocho vasos de Isla Tropical y entre volver a casa en el autobús, entrar en el edificio, esperar el ascensor, correr hasta llegar a la puerta del piso, buscar mi llave y abrir la puerta, ya tenía yo *tremenda* necesidad de ir al baño. De veras que sí.

Pero Fudge me había quitado el puesto y estaba sentado en la taza, leyendo *Arturo el comehormigas*.

—¡Venga, date prisa! —le dije—. Que me hago encima.

—Pero, es que no es bueno que me dé prisa —me contestó.

Fui corriendo al baño de mis padres, pero la puerta estaba cerrada.

—¡Mamá! —chillé, golpeando la puerta.

—¡No te oigo! —me contestó—. Me estoy duchando. Acabo en cinco minutos. ¿Me le echas un vistazo a la nena?

Volví a mi baño a todo correr, pero Fudge seguía allí sin inmutarse.

—¡Venga, tío! ¡Es una emergencia! ¡He bebido ocho vasos de Isla Tropical esta tarde!

—Pues yo, dos vasos de chocolate.

—¿Y si te levantaras sólo por un minuto?

—Eso no me haría bien a la salud.

—¡Venga, Fudge!

—No puedo *pensar* contigo aquí delante —me contestó.

—Pero, ¿qué es lo que tienes que pensar?

—En hacer *eso*.

Podía haberle sacado de allí; pero, ahora que ha dejado de mojar los pantalones, se supone que tenemos que animarle a usar el baño. Así que me marché corriendo mientras pensaba lo fácil que era para Tootsie: nada más lo hace ahí, cuando quiere y donde quiere.

Luego me acordé de que mi profe nos había contado las costumbres de los ingleses en el siglo XVIII, cuando la gente usaba orinales. Me hubiera gustado mucho tener un orinal porque, para entonces, estaba totalmente desesperado. Corrí a la sala y miré por todos los lados. Tenemos una planta muy grande en una esquina, como de unos dos metros. "¿Debo o no debo?" —me preguntaba—. "No. Vaya porquería" —pensé.

Pero, cuando la naturaleza llama, uno no se puede negar, ¿no?; y enseguida empecé a desabrocharme el cinturón.

Y en ese momento oí a Fudge que me decía:

—Vale, Peter. Puedes pasar y tirar de la cadena.

Fudge se niega a tirar de la cadena. Tiene miedo de desaparecer por el desagüe. Pero no era éste el mejor momento para pensar en convencerle. Llegué como una bala y pude descargar por fin. Fudge me miraba y el tío se quedó muy impresionado.

—Nunca había visto tanta junta —me dijo.

—Gracias —le contesté.

***

Esa noche estuvimos todos viendo la tele en la sala. Yo tenía a Tootsie en brazos. Soltó un suspirito. Cuando duerme se parece un montón a mi perro Tortuga.

Yo sé perfectamente lo que sueña Tortuga por los

ruidos que hace; y, a veces, cuando tiene una pesadilla, llora y tiembla. Entonces le acaricio el lomo, hasta que se tranquiliza.

Y lo mismo pasa con Tootsie. Está dormida como un lirón, pero hace ruiditos o lloriquea y se menea inquieta. Otras veces parece que chupa del biberón. Apuesto a que cree que está comiendo un montón. Pero lo que más me gusta son sus suspiritos, porque sé que entonces está contenta. Y la siento tan tibia y blandita en mis brazos que me flipa.

En cuanto terminó el programa, papá apagó la tele; se volvió a mirarnos y dijo:

—Tenemos buenas noticias para vosotros, chicos.

—¡Ay, no! ¡Otra vez, no! —dije yo, mirando a mi hermana.

Mamá y papá se echaron a reír.

—Esta vez es otra cosa —dijo papá.

—¿Algo interesante? —le preguntó Fudge que jugaba a las carreras con sus coches miniatura —Bruuummm, bruuummm...

—Sí, algo muy interesante —le contestó mamá.

—Bueno, no nos tengáis con el alma en un hilo —les dije yo—. ¡Contadlo de una vez!

—¿Qué es "con el alma en un hilo"? ¿Algo parecido a "privilegio"? —me preguntó Fudge.

—No —le contesté—. ¡Calla y escucha! —Miré a papá—: ¿Entonces, qué? —porque sus ideas sobre lo que es interesante no suelen coincidir con las mías.

—Que nos mudamos a Princeton —dijo papá.

—¿Nos, qué? —estuve a punto de dar un brinco; pero me fue imposible porque tenía a mi hermana encima.

—¿Y eso queda cerca del parque? —le preguntó

Fudge, que jugaba con su cochecito rojo, subiendo y bajándolo por la pierna de mamá.

—¡No, estúpido! ¡Queda en New Jersey! —le dije.

—¿Y New Jersey está cerca del parque?

—Por lo menos, no de Central Park —le contestó mamá.

—Pero no importa, porque allí tendrás un patio en la parte de atrás de la casa —le dijo papá.

—¿Qué es un "patio"? —preguntó Fudge.

—Es como un parquecito —le contestó papá.

—¿Un parque para mí sólo? —volvió a preguntar Fudge—.

—Algo así —le respondió papá para que se callara de una vez.

—¿Y tu historia del arte? —le dije a mamá.

—¿Qué?

—Pues que creí que ibas a volver a la uni a estudiar historia del arte.

—La Universidad de Princeton tiene un departamento de historia del arte. A lo mejor me apunto a unas clases.

—Es sólo por un año —dijo papá, mirándome—. Para ver qué tal sería vivir fuera de la ciudad —dijo.

—¡Fuera, fuera, fuera! —canturreaba Fudge.

No se puede tener una conversación normal delante de él. ¡Qué plasta! ¿Es que mis padres no lo ven o qué?

—Nos vamos la semana que viene —dijo papá.

—¿Y Maine? —pregunté, porque en verano siempre vamos dos semanas a Maine.

—"Maine se escribe M-a-i-n-e" —canturreó Fudge.

—¿Cómo sabe él cómo se escribe eso? —le preguntó mamá a mi padre.

—No tengo ni la menor idea.

—Y, bueno, ¿iremos a Maine o no? —repetí.

—No, iremos a Princeton esta vez.

—"Esta vez, esta vez, esta vez" —canturreó Fudge.

—¡Calla! —le chillé y luego volví a chillar—. ¡Odio Princeton!

—Pero si no has estado nunca... —me dijo mamá.

—¡Sí, señora!, ¡sí que he estado! ¿No recuerdan que fuimos a visitar a unos amigos la mar de tontos que teníais allí que nos dieron una comida la mar de asquerosa? Gambas con setas y espinacas, todo junto. Y yo tenía hambre, pero no me dicron nada más que eso. Ni siquiera un trozo de pan de más... Pues, ¡claro que me acuerdo!

—¡Ay, sí! ¡Es verdad! Se me había olvidado que pasamos un día con Millie y George —dijo mamá.

—¡Es que a ti se te olvida todo lo importante! —le dije.

—Mira, Peter —me dijo mi padre—. Creíamos que te iba a caer bien lo de Princeton. Hemos alquilado una casa allí. De hecho, es la casa de Millie y de George, porque ellos se van a Europa por un año.

—¡Ese vejestorio de casa!

—No es un vejestorio. Es una casa antigua y muy hermosa; y, además, hemos conseguido quien nos alquilara nuestro piso. Así que no te cierres en banda, Peter.

—"¡Banda, banda, banda!" —canturreó mi hermano.

—¡Pues me lo debíais de haber dicho antes! Igual que me debíais de haber dicho antes lo de Tootsie, en cuanto lo supisteis. No me contáis nunca nada de lo que pasa. Y, además, ¿por qué no coges tú a tu estúpida criatura, que yo tengo cosas que hacer? —y le pasé a Tootsie a papá, me levanté y salí de la sala a paso de marcha. De paso, pegué una patada a un par de cochecitos de carreras, de los de Fudge, que para cuando entré en mi cuarto, berreaba como un poseso.

"Me alegro" —pensé. Y luego, también Tootsie empezó a berrear—: "¡Mejor que mejor!"

Y entonces, Tortuga se puso a ladrar: "¡Que sufran!"

Cerré la puerta de un portazo y el mapamundi volvió a aterrizar en mi cama.

***

Debí de quedarme dormido con la ropa puesta, porque luego me despertó mamá y me dijo:

—¡Venga, Peter! ¡Quítate la ropa y métete en la cama! Ya es muy tarde.

—Hace mucho calor para cubrirme con mantas —murmuré medio dormido.

—Vale; si quieres dormir así, vale; pero por lo menos, quítate los zapatos.

—Estoy bien así.

—Bueno, pase por esta noche.

—A lo mejor todas las noches.

Mamá no me hizo caso, pero empezó a decir:

—Oye, Peter, en cuanto a lo de Princeton...

Levanté una mano.

—Ahora no quiero hablar de eso.

—Pero, ¡si no tienes que hablar! Basta con que escuches.

—Estoy muy cansado.

—Bueno, ya hablaremos mañana.

—De todos modos, ¿qué puedo hacer yo, mamá? Es como lo de Tootsie. Tampoco pude hacer nada respecto a ella.

—Bueno, pero ahora te cae bien, ¿no?

—Me he acostumbrado a ella, supongo.

—También te acostumbrarás a Princeton. Ya lo verás.

Después me empezó a contar no sé qué de mi nuevo colegio; pero yo seguía medio dormido y no le escuchaba del todo, hasta que dijo algo así como... "tu hermano va a ir a tu mismo colegio".

Y eso sí que me hizo abrir los ojos.

—¿Cómo dices?

—¿De qué?

—Ahora... Lo que has dicho ahora... Lo de Fudge y mi colegio.

—¡Ah, sí! Es que ha pasado un test y, a pesar de que todavía es pequeño, ya puede empezar el kindergarten. Ha estado un año en la guardería y sabe contar de diez en diez; se sabe el alfabeto, los días de la semana, los colores y..., bueno, ¡hasta sabe cómo se deletrea Maine!

—Sí, guay —le dije—. Sabemos que es un genio; pero es que además dijiste algo de que él iría al mismo colegio que yo.

—Sí, eso. Que tú estarás en sexto grado y él en el kínder. ¿A que es díver?

—¿Díver?

Eso ya era el colmo. Salté de la cama y agarré mi bolsa Adidas.

—¿Te piensas que es divertido ir a un colegio nuevo sin conocer a nadie? Y, además, te lo digo rotundamente: ¡no pienso ir al colegio con el monstruo del enano! ¿Es que no lo entiendes? ¿Es que tú no entiendes nada de nada o qué? Abrí mis cajones y empecé a sacar ropa, metiéndola en la bolsa de mala manera.

—¡Esta vez sí que me voy!

—Peter, tesoro... ¡No puedes salir con eso de que te vas cada vez que sucede algo que crees que no te agrada!

—¡No es que lo crea! ¡Es que lo sé!

—Aun así; no resuelves nada con querer huir.

—Tú quizá no resuelvas nada; pero yo sí creo que resuelvo algo.

Metí en la bolsa mi guante de béisbol, mis tejanos favoritos, la mitad de mis revistas "Mad", un montón de mapitas y un par de casetes de música.

—¿Te hago un buen bocata de mantequilla de cacahuetes? —me preguntó mamá con una sonrisa.

—No me trates como a un niño pequeño —le dije—, porque hablo en serio: ¡yo me largo!

Se le quitó la sonrisa.

—Entiendo lo que sientes... Pero es que papá y yo pensamos que...

—Papá y tú no pensáis igual que yo.

—Sí, ya veo.

—Y, si os importara algo lo que me pasa a mí, aunque fuera sólo un poco, no me hubierais hecho esto.

—Peter, nos importa muchísimo lo que te pasa. Precisamente ésa es una de las razones que tenemos para ir a Princeton. Y, además, no llegamos a contarte las novedades más importantes.

—¿Cómo? ¿Más novedades? ¡No veo el momento de oírlas!

—¡Papá se toma un año de vacaciones!

—¿Ha dejado su trabajo? —le pregunté, deteniéndome en mis preparativos.

—No.

—¿Le han echado?

—No.

—¿Entonces?

—Pues, que ha pedido un permiso por un año. Espera a que te lo diga él mismo —y se fue a la puerta a llamarlo—: ¡Warren! ¡Warren! ¿Puedes venir, por favor?

—Estoy cambiando a Tootsie. Enseguida voy —contestó mi padre.

—Creí que papá no había cambiado pañales en su vida.

—Es cierto, no lo había hecho hasta que Tootsie vino al mundo.

—¿Y qué tienen de especial sus pañales, si puede saberse?

—Nada. Es sólo que se ha dado cuenta de que se ha perdido muchas cosas de vuestra infancia y, esta vez, no quiere volver a cometer el mismo error.

—¡Claro! ¡Y está tan ocupado cambiando los pañales de Tootsie que no tiene tiempo para nada más!

—Peter, ¡eso no es justo!

—¡Y tú no tienes ni idea de nada!

Entonces entró papá en mi cuarto, oliendo a perfume de bebé.

—Le he dicho a Peter que tenemos una sorpresa para él —dijo mi madre.

—Me tomo un año libre y lo hago para estar más tiempo con vosotros, porque voy a trabajar en casa escribiendo un libro —me explicó mi padre.

—¿Un libro?

—Sí. Sobre la historia de la publicidad y sus efectos en el pueblo estadounidense.

—¿Y no puedes escribir algo más interesante —le pregunté—, como, por ejemplo, una novela sobre un chaval que se larga de la casa porque sus padres deciden mudarse de ciudad sin consultarle?

—Ése me parece un buen argumento —dijo papá—. A lo mejor tú mismo podías escribir algo así.

—A lo mejor lo hago —le dije y añadí—: Y me gustaría saber de qué vamos a comer, si tú no trabajas.

—Tenemos algunos ahorros y, además, probablemente me darán un adelanto a cuenta del libro.

—Peter, dale una oportunidad, ¡hombre! —me dijo mamá.

—Lo tengo que pensar —le contesté—. Pero no se sorprendan si ya no estoy aquí mañana por la mañana.

Y en ese momento se podía oír a Fudge en su habitación canturreando en la cama ya listo para dormir: —"M-a-i-n-e se lee Maine; F-u-d-g-e se lee Fudge; P-e-t-e-r se lee Peter..." —pronunciando mi nombre con acento británico.

—Pero, ¡hay que escucharlo! —dije—. De seguro, el chaval será la estrella del kindergarten.

Capítulo 4

Como una cabra

Le conté a Jimmy Fargo lo de Princeton.

—¿Que te vas? —me preguntó como si no se lo creyera.

—No, exactamente. Nos vamos sólo por un año.

—Os vais. No me lo puedo creer.

—Yo tampoco.

—No te tienes que ir si no quieres.

—¿Crees que no quiero quedarme? No conozco a nadie en Princeton. ¿Crees que quiero ir a un colegio donde no conozco a nadie?

—Diles a tus padres que no quieres ir. Eso es lo que yo haría.

—¿Y dónde iría yo a vivir?

—Conmigo.

—¿Y dónde dormiría?

—En el suelo. Es fenomenal para la espalda —dijo Jimmy.

Pensé en lo que sería dormir en el suelo durante un año y en vivir con Jimmy y su padre. El señor Fargo fue actor, pero ahora es pintor. Pinta esos cuadros raros que llevan círculos, cuadrados y triángulos; y vive tan en la luna que sólo compra de comer cuando Jimmy se lo recuerda. Una vez que eché un vistazo a su nevera, lo único que había dentro era una botella de vino vacía, media manzana y un bocata de salchichón y cebolla, que estaba tan pasado que se había puesto verde.

—Si no te quedas, no pienso volver a hablarte —me dijo Jimmy—. Pero, nunca —y se agachó para atarse los cordones de los zapatos, que siempre se le sueltan—. Y, además, le diré a Sheila Tubman que puede quedarse con tu roca del parque.

—¡No te atreverías!

—¡Ya verás como sí!

—¡Pues vaya amigo que eres!

—¡Igual que tú! —respondió Jimmy y se marchó con las manos metidas en lo más hondo de sus bolsillos.

En cuanto se fue, se me ocurrió un montón de cosas que decirle; pero en vez de ir tras él, me fui a casa.

—¿Eres tú, Peter? —me preguntó mamá.

—¡No!

Me fui a mi cuarto. Al entrar, di un portazo, contentísimo de no haber vuelto a colgar el mapamundi en la pared, y saqué el péndulo de Kreskin que me dio Jimmy en navidad.

De noche, cuando no puedo dormir, lo sostengo en alto por la cadena y miro la bolita brillante de cristal que va de un lado a otro y me concentro en ella hasta que los párpados me empiezan a pesar y se me quieren cerrar.

Abrí la ventana lo suficiente como para tirar el péndulo de Kreskin. Me podía imaginar cómo se rompería en millones y millones de cachos al caer sobre la acera. Pero, y si tuviera problemas para dormir en Princeton, ¿qué haría entonces? Así que lo dejé de nuevo en su caja. Debía haber algo mejor para igualar la faena que me iba a hacer Jimmy con lo de la roca.

Dos horas más tarde, seguía devanándome los sesos para encontrar un modo de amigarme con él, cuando sonó el timbre de la puerta. Era Jimmy.

—He cambiado de idea —dijo— y, además, lo siento, oye.

—Vale... bueno... esto... yo también...

—Estaba fastidiado porque te vas. Eso es todo. No quiero que te vayas, pero no hay nada que pueda hacer para evitarlo... No es culpa tuya.

—Ya. Eso es precisamente lo que intentaba decirte.

—Ya.

—Bueno...

—Mi padre dice que Princeton sólo queda a una hora de tren.

—Sí, eso es.

—Bueno, pues, al final no le daré tu roca a Sheila Tubman.

—Gracias. No creo que supiera qué hacer con ella.

—Pero no pienso jugar allí hasta que tú vuelvas.

—Pues yo tampoco sacaré el péndulo de Kreskin hasta que vuelva para acá.

—¡Hecho! —dijo Jimmy y chocamos las manos para cerrar nuestro pacto.

✳✳✳

A la mañana siguiente, cuando bajaba en ascensor con Tortuga, Henry me dijo:

—Os echaré de menos a ti y a tu familia.

—Me apuesto a que no echarás de menos a Fudge.

—¡Oh, sí! Incluso a ese diablillo —dijo—. Me acuerdo del día que entró en el ascensor y apretó todos los botones de una vez. ¡Se armó un lío que no se arregló ni en dos horas! —y se echó Henry a reír. La verdad es que su risa me recuerda el sonido que hacen las focas. No se por qué; siempre espero que aplauda con sus manotas cuando se ríe—. Y también echaré de menos al bebé. No la voy a ver crecer.

—Sí que la verás; sólo nos vamos por un año.

—Ya; todos dicen lo mismo y luego...

El día estaba húmedo y gris. Me pregunté si en Princeton haría sol. Saqué a Tortuga a pasear y él, venga a olisquear aquí y allá, buscando el lugar que más le gustara. Traté de que lo hiciera cerca del cordón de la acera y pensé que, a lo mejor, en Princeton puede ir suelto y por donde le dé la gana. Incluso puede que no tenga que llevarlo yo. A lo mejor me basta con abrirle la puerta y ya: a correr al jardín. Así no tengo que limpiar lo que va dejando, porque desde que aquí en Nueva York salió una ley a la que yo llamo la de "Haz, perrito", pasear a Tortuga no es muy divertido. Al principio, cuando oí que se iba a aprobar la ley, le dije a mamá que me sería imposible seguir paseándole.

Mamá me contestó:

—¡Qué mal, Peter! Porque ya me contarás quién va a sacarle, si no lo haces tú.

Yo esperaba que mi madre se ofreciera. Esperaba que dijera: —Sé el asco que te da a ti limpiar las cacas de Tortuga... —Pero, nada de eso. En cambio, me dijo:

—Mira, Peter; vas a tener que tomar una decisión. Si quieres quedarte con Tortuga, tendrás que limpiar sus excrementos porque, si no lo haces, papá y yo le buscaremos una bonita granja en el campo, donde...

No le dejé acabar y grité:

—¿Estás de broma o qué? Tortuga es un perro de ciudad. ¡Es mi perro!

—Bueno, pues ya lo sabes... —dijo mamá, sonriendo.

Y yo le entendí estupendamente, claro.

Mamá me compró un aparatito que es como una pala unida una bolsa; y, cuando Tortuga hace sus cosas, las recojo, las meto en la bolsa, ato la parte superior y tiro la bolsa en el recipiente de la basura.

Al principio me armaba un lío y me ensuciaba todo; pero ahora me he convertido en un experto, aunque todavía siga siendo una porquería casi tan asquerosa como los pañales de Tootsie. Me encantaría poder enseñarle a mi perro a usar el retrete, sobre todo en invierno, cuando tengo que esperar a que se decida y me quedo helado como un poste. Él no tiene la culpa, porque es un perro y no puede evitarlo. Y, además, cuando duerme a mis pies o me lame la cara, sé que vale la pena.

Justo cuando Tortuga acababa de hacer sus cosas, apareció Sheila Tubman.

—Ya me he enterado de que os mudáis —me dijo.

Asentí con la cabeza y recogí las cacas de mi perro.

—¡Qué bien! Tenía miedo de que fuera sólo un cotilleo. Así no tendré que soportar a tu maloliente perro nunca más.

—¡Mi perro no es maloliente! —le contesté, mientras ataba la bolsa de Tortuga.

—¿Le has olido alguna vez, Peter?

—Claro, todo el rato.

—Por eso no lo notas, porque tú también hueles como él —y empezó a retroceder.

—Oye, Sheila...

—¿Qué?

—¡Vete a freír monas!

—Peter Hatch, ¡eres un asqueroso!

—Y tú eres algo peor —le contesté, pasándomelo guay.

—¿Ah, sí? ¿El qué?

—Eso sólo lo sé yo; y, si lo quieres saber, trata de adivinarlo.

—¡Ja, ja¡ ¡Qué gracioso! ¡Tú y tu perro sois la mar de graciosos!

—¡*Sic* y a ella, Tortuga! —le dije. Tortuga gruñó y luego se puso a ladrar; lo que me pareció genial porque él no sabía lo que yo le estaba diciendo —que no le estaba diciendo nada—. Pero Sheila, que tampoco sabía, se creyó no sé qué; empezó a chillar como una posesa y echó a correr hacia nuestro edificio. Y, cuando Tortuga la vio correr así, echó a correr tras ella, ladrando a todo dar, convencido de que jugábamos a algo. Me arrancó la correa de las manos y tuve que ir tras él, gritando—: ¡Tortuga! ¡Eh, chico! ¡Quieto! —porque estaba ya encima de Sheila, saltando y queriéndole lamer la cara.

Y ella, sin parar de gritar, hasta que Henry salió del portal y dijo:

—Pero, bueno, ¿qué rayos pasa aquí?

Apartó a Tortuga de Sheila y me lo agarró para que yo lo sujetara. Yo cogí la correa y le di unas palmaditas en la cabeza.

—Es Peter Hatcher —dijo Sheila—, que le ha dicho a su perro *sic* para que me siguiera.

—¡No, señora!

—¡Sí, señor!

—Pero, ¡si ni siquiera sabes lo que significa *sic*!

—¡Claro que lo sé!

—¿Ah, sí? ¡Pues, a ver!

—Pues es... quiere decir: "volver loco a alguien para que vaya al *sic*ólogo".

—¿Pero la oyes, Henry? ¡Si es que está majara!

—Sí, la oigo —me contestó él— y lo que te digo es que sujetes a tu perro hasta que se calme —y luego se dirigió a Sheila:

—¡Ven, pequeña! Te llevo a casa, primero.

—Me alegro de que se vaya a vivir a otro lado —moqueaba ella—; y espero que no vuelva nunca más. Debería haber una ley que...

Y yo seguí hasta la esquina, partiéndome de risa; y, sin exagerar, creo que Tortuga también se reía.

***

El día que nos mudamos, mamá me despertó a las seis de la mañana. Yo tenía que empaquetar una parte de mis cosas; pero primero necesitaba tomar mi zumo de frutas, porque a la mañana siempre tengo mogollón de sed. Al ir a la cocina, pasé junto a la cuna de Tootsie, que miraba al juguete móvil suspendido sobre su cabeza y hacía ruiditos de contento, y vi que estaba totalmente cubierta de sellos postales. Los tenía pegados a sus brazos, a sus piernas, en la tripilla y en la cara. Tenía uno en la coronilla y otro en cada piececito.

—Oye, mamá —le dije.

—¿Qué quieres, Peter?

—Es Tootsie.

—Pero, si acabo de...

No le dejé terminar.

—¡Date prisa, mamá! ¡Ven!

Y ella llegó, abrochándose la camisa.

—¡Oh, no! —dijo, al ver a Tootsie y luego gritó:

—¡Fudge!

—¡Hola, mami! —respondió Fudge, gateando hacia afuera de debajo de la cuna de Tootsie. Tenía puesto su antifaz: una montura de gafas negra, pegada a una nariz de goma, una barba de quita y pon y un bigote. Hace unos meses que lo consiguió y le costó cuatro paquetes de cereales y veinticinco centavos.

—¿Le has hecho tú eso a Tootsie?

—Sí, mamita —contestó con esa vocecita de yo-soy-el-niño-más-bueno-del-mundo.

—¿Por qué?

—Porque Tootsie me lo pidió —contestó Fudge, que trepó por el costado de la cuna y le dio un empujoncillo a la nena.

—¿Verdad que tú me lo pediste, nena mona, nena bonita...?

Tootsie levantó sus piernas al aire y dijo:

—Baaa...

—¡Eso ha estado muy mal, Fudge! —le dijo mamá—. ¡Estoy muy enfadada contigo!

Fudge le besó una mano.

—Te quiero mucho, mami.

—Eso no te va a servir de nada, Fudge.

—Pero, de todos modos, te quiero, mami —y le besó la otra mano—. Eres la mejor mamá del mundo entero. ¿No le quieres a tu nene?

—Sí, te quiero; pero todavía estoy muy enfadada contigo: ¡MUCHO! —y le dio unos azotes.

Fudge hizo unos pucheritos, pero luego cambió de idea y dijo:

—No me ha dolido.

—¿Querrías unos azotes que te duelan? —le preguntó mamá entonces.

—No.

—Entonces no vuelvas nunca más a hacer eso, ¿entiendes?

—Sí.

—Oye, mamá —le dije—. Creí que tú creías en la no-violencia.

—Sí, pero a veces se me olvida.

—Bueno, a mí me parece bien que le zurres a Fudge —le comenté—. Personalmente, me parece chachi si le zurras un día a la semana.

—¡No, no, no! —chilló Fudge, agarrándose el trasero.

—¿Por qué lo has hecho? —le pregunté.

—Es que la quería cambiar por una bicicleta como la tuya.

—Pero no la puedes cambiar. Es una persona, no un álbum de sellos —le dijo mi madre.

—Pues parece un álbum de sellos —dijo Fudge.

Mamá cogió en brazos a Tootsie.

—¿Verdad que sí, mami? —repitió Fudge, y me di cuenta de que mamá trataba de no soltar una carcajada.

—¿Sabes una cosa, Fudge? —le dije yo—. Estás como una cabra. De veras.

—¡Como una cabra! ¡Como una cabra! —y Fudge se puso a cantar, bailando alrededor de mamá y de

Tootsie—. ¡Fudge está como una cabra!

Tootsie se rió (o estaba hipando). Es difícil de saber.

Seguí a mamá al baño. Mamá le puso a mi hermana en el lavabo.

—¡Dos años coleccionando sellos para esto! ¡Para que terminen por el desagüe! —le dije.

—¡Adiós, sellos, adiós! —canturreó Fudge en la puerta.

—No vuelvo a coleccionar sellos mientras viva —dijo mamá—. Coleccionaremos otras cosas.

**

Una hora después llegó papá con la furgoneta alquilada: la llenamos con nuestras cosas y nos fuimos.

En cuanto pasamos el túnel Lincoln, Fudge empezó a cantar:

—"M-a-i-n-e se lee Princeton".

—No seas estúpido: se lee Maine —le dije.

—Ya sé —contestó Fudge —. Es una canción que he inventado.

—A lo mejor, puedes cantarla en la cabeza —le sugirió mi padre— y, cuando lleguemos a Princeton, nos la cantas. Así será una sorpresa.

—Una sorpresa —dijo Fudge—. Me gustan las sorpresas.

Se quedó quieto unos minutos y luego dijo:

—¿Sabes qué, papi? ¡Estoy como una cabra!

—¿Quién lo dice?

—Peter lo dice. ¿Verdad, Peter?

—Desde luego. Lo dije y lo mantengo. Estás como una verdadera cabra.

—Lo estoy —dijo Fudge, que apoyó la cabeza en el hombro de mamá y se puso a chuparse los dedos, todavía con sus gafas y su nariz de pega puestas.

Capítulo 5

Los pequeños son más dulces

Nuestra casa, es decir, la casa de Millie y George, es tan vieja que la bañera está colocada en el suelo sobre cuatro patas, y el agua caliente y la fría no salen de un solo grifo, sino que hay dos; así que, cuando te lavas las manos, o te quemas o te hielas. Mamá dice que se supone que lo que hay que hacer es poner el tapón y esperar a que el agua de los dos grifos se mezcle en el lavabo; pero eso es un rollazo. Por lo menos no tenemos que usar orinales, porque los retretes sí funcionan.

Por fuera, la casa está pintada de blanco con las contraventanas amarillas. Las ventanas y los marcos de las puertas están un tanto chungos. Papá dice que eso es parte del encanto de la casa. Prefiero no decirle lo que pienso al respecto. Por dentro, los suelos son de madera y crujen cuando uno camina por la casa.

Abajo, hay una sala con un piano; un comedor con una mesa, que es tan grande que tienes que gritar para que te oigan; una cocina con un montón de peroles y sartenes colgados por todos lados; y una biblioteca, donde los libros están ordenados por colores. Hay una sección de libros encuadernados en piel marrón; está la de los encuadernados en piel verde; los encuadernados en piel roja y los encuadernados en piel dorada.

En el piso de arriba hay cuatro dormitorios, todos en hilera: uno para cada uno de nosotros; y, dondequiera que estés, ves una chimenea. Hay una por habitación: una en la sala, otra en el comedor y otra más en la biblioteca. No las hay, en cambio, ni en los baños ni en la cocina.

Mi madre y mi padre dicen que esta casa es "fantástica, fabulosa, indescriptible". Los oigo hablar por teléfono con sus amigos y comentan sobre la casa diciendo esas idioteces.

Nuestro vecindario es tan viejo como la casa. En este barrio, todas las casas se parecen: tienen un patio pequeño por delante y uno muy grande por detrás. En el patio de atrás tenemos las rosas de George y el huerto de Millie. El primer día que pasamos aquí, apareció papá con un montón de libros, cuyos títulos eran más o menos así: *Conoce tus rosas*, *Conoce tus hierbas*, *Las verduras orgánicas y tú* y mi favorito, *La agonía del escarabajo de tu jardín*.

—En New York no tenías que preocuparte por los escarabajos, ¿verdad, papá? —le pregunté en la cena.

—Ya basta, Peter —me contestó.

—Ya basta, Peter —repitió Fudge.

—¡Corta el rollo! —le dije yo.

—¡Corta el rollo! —volvió a decir mi hermano.

Ahora le ha dado por repetir todo lo que digo. Me va a volver majara.

—Pásame la sal, por favor —le pedí a mamá.

—Pásame la sal, por favor —repitió Fudge a todo reír.

—¡No puedo más! ¡Haced algo, por favor! —les dije, moviendo mi silla hacia atrás.

Pero ya estaba él diciendo: —¡No puedo más! ¡Haced

algo, por favor! —y se reía tanto que se atragantó.

Papá lo puso boca abajo y le palmeó la espalda.

—Quiero que te calles de una vez, Fudge —le dijo—. ¿Entiendes?

No sé por qué le están siempre preguntando que si entiende. Claro que entiende. No tiene nada que ver con eso.

Fudge asintió con la cabeza.

—Porque, si no paras de repetir lo que dice Peter, te la vas a ganar. ¿De acuerdo? —le dijo papá y yo no pude contener una sonrisa.

***

Mamá tiene una cosa para llevar a Tootsie que tiene una tira que se coloca alrededor del cuello; y la cría se la pone por delante, a la altura del pecho más o menos. Parece la mar de cómodo. A veces también la lleva papá en ese cacharro. Mamá dice que cuando yo nací, no los fabricaban todavía. Hay que ver la de cosas que me he perdido.

Todas las noches después de cenar, damos un paseo al centro de la ciudad y tomamos un helado en la heladería Baskin-Robbins. Una noche, mamá me preguntó si quería llevarle a Tootsie en el cacharro.

—No gracias —le dije—. Mejor muerto que llevar a un bebé colgando del cuello.

—¡Qué bobo eres, Peter!

En Baskin-Robbins están haciendo un concurso y están pidiendo ideas para ver qué nombre le ponen al nuevo sabor que van a sacar. Hasta ahora mis sugerencias han sido: Limón Lamido, Choco-Loco y Menta Demente.

***

Después de llevar dos semanas dando vueltas por ahí, me he encontrado hoy por primera vez con un chico de mi edad. Vive al otro lado de la calle; pero no lo había visto porque, cuando llegamos, estaba en una colonia de boy scouts. Se llama Alex Santo y está en sexto grado, como yo. Es bajito y tiene un montón de pelo que le cae sobre los ojos y lleva puesta siempre una camiseta con un lema que dice: "Princeton. Promoción del 91". Cuando me lo encontré, me sentía tan aburrido y solo que me hubiera dado igual que tuviera tres cabezas, con tal de que fuera de mi misma edad y quisiera ser amigo mío.

Alex llegó una mañana y me preguntó:

—¿Quieres que seamos socios en un negocio que tengo?

—¿Qué clase de negocio? —le pregunté.

—Gusanos.

—¿Gusanos?

—Sí, eso. Gusanos.

—¡Gusanos! —dijo Fudge, dando saltos en el porche—. ¡Gusanos y gusanitos!

—No le hagas caso —le dije a Alex—. Es mi hermano pequeño.

—Bueno, entonces, ¿qué me contestas? —me volvió a preguntar él.

—Trato hecho —le contesté entonces, sin tener ni la menor idea de qué era "un negocio de gusanos"—. ¿Y cuándo empiezo?

—¿Qué te parecería ahora mismo?

—Vale. ¿Qué tengo que hacer?

—Primero tenemos que cavar agujeros para buscarlos. Luego se los venderemos a la señora Muldour, que vive calle abajo. Ella paga cinco centavos por cada uno.

—¿Y para qué los quiere?

—No me lo dice. Hay gente que piensa que los usa para pescar; otros dicen que son para el jardín...; y, bueno, si quieres mi opinión... —Alex paró de hablar y se rascó la cabeza.

—Sigue... Sigue...

—Pues yo creo que se los come —dijo Alex.

Me quedé pensativo.

—¿Pastel de gusanos? —le pregunté después.

—¡Eso! Y guisado de gusanos y... zumo de gusanos...

—Y... ¡sopa de gusanos! —dije yo, empezando a entusiasmarme— y... ¡pan de gusanos!

—¡Sí, eso! ¡Eso es lo más rico de todo! —dijo Alex—. Delicioso pan crujiente con gusanitos por aquí y por allá.

—Bueno, y... ¿qué me dices de los sabrosísimos sándwiches de gusano con queso fundido? —le dije yo, y para entonces, los dos estábamos retorciéndonos de risa.

—Y helado de gusano —dijo Fudge encima.

—¡Helado de gusano! —chillamos Alex y yo a la vez.

Después de eso, pensé que, a pesar de todo, Princeton no estaría tan mal, teniendo a Alex Santo en mi clase.

Esa misma tarde, Alex y yo nos fuimos a cavar agujeros para buscar gusanos. Fuimos en bici hasta el lago. Es muy fácil andar en bicicleta en Princeton porque por todas partes hay senderos especiales para bicis. Alex llevaba un cubo y también teníamos un par de palas; así que enseguida nos pusimos a trabajar. No tuvimos ningún problema para encontrar gusanos. Una hora más tarde volvimos a casa.

Cuando llegamos, Alex me dijo: —La señora Muldour los quiere bien limpios.

—¡Hombre, si se los va a comer, pues claro! —le contesté.

Dejamos el cubo con los gusanos fuera y entramos a beber algo. Cuando volvimos a salir, allí estaba Fudge, junto al cochecito de Tootsie, sosteniendo un gusano sobre la nariz de la nena.

—¡Déjala en paz, tío! —le grité, abalanzándome sobre él.

—¿Por qué? Si le gusta mucho —contestó Fudge—. ¡Mira!

Alex y yo metimos la nariz en el carricoche y sí: Tootsie se reía cada vez que Fudge le enseñaba el gusano suspendido sobre su cara.

—Tienes razón. Le gusta —dije yo—. Mamá, ven a ver esto —le dije a ella.

—¿El qué? —me preguntó mamá, que estaba sembrando algo en el huerto de verduras orgánicas de Millie.

—¡Ven! ¡Tienes que verlo!

Y mamá vino, limpiándose las manos en los vaqueros.

—Mira, mami —y Fudge sacó el gusano que tenía escondido detrás de la espalda y lo sostuvo sobre la nariz de Tootsie, que hizo unos gorjeos y luego sonrió.

Y, en cuanto mamá lo vio, se puso a gritar: —¡Quita eso de ahí! ¡Deprisa! ¡Tíralo ahora mismo!

GYPSUM PUBLIC LIBRARY
P.O. BOX 979 753 VALLEY RD.
GYPSUM, CO 81637

—Pero, ¡si es solo un gusano, mami! ¿No te gustan los gusanos?

—No. No me gustan nada de nada; y no quiero que me enseñes otro nunca más. ¿Entiendes?

Fudge se puso el gusano sobre el brazo y el gusano empezó a trepar por él hasta llegar a su hombro.

—¿Lo ves? ¡Qué rico es! ¡Le llamaré Willy! Willy el gusano. Y será mi mascota: dormirá conmigo y comerá a mi lado y se bañará conmigo...

—¡Fudge!

—¿Sí, mamá?

—Ya te lo he dicho: ¡no quiero ver a ese bicho nunca más! Y *no* te permito que lo traigas dentro de casa y *no* te permito que lo acerques a Tootsie. ¿Entiendes ahora?

—Sí. Veo que para nada te gustan los gusanos.

—Eso es. Para nada —le contestó mamá.

—¿Y por qué no?

—No sabría explicártelo —dijo mamá volviendo a sus semillas, con Fudge que la seguía, pegado a sus talones.

—¿Es siempre así tu familia? —me preguntó Alex.

—Incluso peor —le contesté—. Todavía no has visto nada.

Cuando íbamos a casa de la señora Muldour, me acordé de haber leído que, si partes un gusano en dos, se regenera; pero no estaba del todo seguro. Así que le pregunté a Alex si había hecho la prueba de partirlos por la mitad.

—Pues, claro. Cantidad de veces.

—¿Y qué pasa?

—Nada; que salen dos gusanitos.

—Pues eso. Y, si la señora Muldour nos paga cinco centavos por cada uno...

Alex empezó a sonreír con una sonrisa que se iba haciendo cada vez mayor.

—¡Pero, claro! ¡Cómo no se me había ocurrido antes! Yo me callé.

Sacamos los gusanos al lado del camino y los cortamos en dos. Había uno tan grande que lo cortamos en tres. Así que ahora teníamos treinta y tres gusanos en vez de dieciséis.

La señora Muldour vive en una vieja casa, pintada de gris y con las contraventanas azules. Alex llamó al timbre. Nos abrió la puerta una señora grande y gorda que tenía el pelo del color de su casa y unas gafas que le caían sobre la nariz. Llevaba zapatillas de deporte, pantalón vaquero y una camisa roja y blanca.

—¡Hola, Alex! Hace tiempo que no te veía —dijo.

—¡Hola, señora Muldour! —contestó Alex—. Ahora tengo un socio.

Ella me miró por encima de sus gafas.

—Soy Peter Hatcher. Nos hemos mudado hace poco. Vivimos calle abajo —y, como seguía mirándome, seguí hablando—. Estamos en la casa de los Wentman... Millie y George Wentman... amigos de mis padres... por un año... a ver qué tal nos va... fuera de la gran ciudad...

—¿Has acabado? —me preguntó entonces.

—Sí.

—Bueno, pues ¡al grano!

—Hoy tenemos treinta y tres para usted, señora

Muldour —le dijo Alex—; y le advierto que son unas verdaderas preciosidades.

—Treinta y tres —repitió ella y echó un vistazo al frasco de cristal donde estaban los gusanos—. Son pequeñísimos —dijo.

—Los pequeños son más dulces —le dije.

Esta vez me miró con una mirada rara de veras, y entonces añadí rápidamente:

—Van creciendo a medida que llega el verano.

—¿Sí? Yo pensaba que era ahora cuando estaban más crecidos.

—¡Que va! Es en agosto cuando se ponen más gordos y más largos y en septiembre cuando alcanzan su plenitud.

—¿Estás seguro?

—Hum, hum... —le contesté entredientes para que no se diera cuenta de que no tenía ni idea de lo que decía.

—Bueno, ¡vive y aprenderás! —dijo ella. Se metió en la casa y salió con su portamonedas.

—¿Sabéis? —nos dijo cuando volvió a salir—. La verdad es que podría comprarlos en la tienda, pero creo que los recién sacados de la tierra son mucho mejores. —Abrió el portamonedas—: Así que son..., a ver..., cinco por treinta y tres gusanos... son un dólar cincuenta —y le pasó el dinero a Alex.

—Perdone, señora Muldour, pero son un dólar sesenta y cinco.

La señora Muldour se echó a reír.

—No puedo engañarte, ¿eh, Alex?

—No, señora: cuando se trata de matemáticas, no me engaña nadie —le contestó él—. ¿Querrá usted más la semana que viene?

—Claro, todos los que podáis. Nunca están demás, ¿sabéis?

Alex me miró de reojo; le dimos las gracias a la señora Muldour y nos fuimos. En cuanto estuvimos a prudente distancia, Alex dijo:

—Los pequeños son más dulces —y me pegó un codazo en las costillas.

—Sopa de gusano para la cena. Calentita —y explotamos a reír como dos dementes.

***

Después de cenar, mamá se puso el bebé al cuello y nos fuimos los cinco a la heladería Baskin-Robbins. Cuando llegamos, Fudge fue derecho al mostrador y le dijo a la chica que servía:

—Un helado de gusano, por favor.

—¿Cómo? —contestó ella.

—Helado de gusano —repitió él.

—No tenemos.

—Es el sabor del mes —le dijo Fudge—. Helado de gusano.

—¿Estás diciendo que...? —le preguntó la chica.

—Sí —le dije yo—. Gusano: g-u-s-a-n-o.

—Que sé cómo se escribe —respondió molesta—; pero es que no me parece que a la gente le gustara ese sabor.

—Hay gente que estaría encantada —dijo Fudge—, ¿verdad, Peter?

—Sí, es cierto. En esta ciudad, hay gente a quien le encantaría el helado con sabor a gusano —le contesté.

—Bueno, chicos. Estamos la mar de ocupados hoy; así que si cortáis el rollo éste de chicos listos que lleváis y me contáis qué es lo que queréis...

—Yo quiero una copa de chocolate con menta y trocitos de chocolate —le dije.

—Y yo, un cono relleno de *fudge*, como mi nombre.

—¡Ah! ¿Te llamas Cono? —le preguntó la chica.

—No.

—¿Relleno entonces?

—No.

—Entonces... No. ¿No me dirás que te llamas Fudge, verdad?

—Eso es. Exactamente. Me llamo Fudge —dijo mi hermano, acodándose en la barra.

—¡Qué rico! —murmuró la chica, hablando para sí—. ¡Un chaval la mar de rico!

Capítulo 6

Farley Drexel se encuentra con Cara de Rata

En agosto, le tocaba a mi perro su examen anual y sus vacunas. Mamá y papá estuvieron preguntando por ahí y decidieron que le llevara a El Arca, una clínica de animales que está cerca de la autopista. Para llegar allí tuvimos que cruzar la ciudad en coche: pasamos por el puente que está sobre el lago donde Alex y yo vamos por gusanos y luego subimos una colina hasta llegar a la rotonda. "Se les podía haber ocurrido un sitio más cerca" —pensé.

Cada vez que lo llevo al veterinario, Tortuga se pone a temblar. No sé cómo rayos sabe que le van a pinchar; pero lo sabe. Traté de convencerle de que no le iba a doler ni un pelo, pero no hizo más que gemir todo el rato, hecho un ovillo en un rincón.

A la vuelta paramos en la pastelería Sandy, que es donde hacen los mejores pasteles de chocolate que he comido hasta ahora. Y sin nueces, porque mamá es alérgica a las nueces; lo que significa que no puede comer ni siquiera mantequilla de cacahuetes. Si yo no pudiera comer mantequilla de cacahuetes, creo que me moriría de hambre.

***

La semana antes de que comenzaran las clases, tuve la mar de problemas para dormirme. Princeton es una ciudad muy quieta y calma; por lo que echaba de menos el ruido de New York. Intenté no pensar en el péndulo de Kreskin, metido en su caja, en la balda de mi armario. Intenté ponerme a contar ovejitas y también recité el alfabeto de atrás para adelante, pero ni aun. Así que no pude más. Me levanté y lo cogí. Y, cuando lo cogí, me imaginé al mismísimo Kreskin al pie de mi cama, diciéndome:

—Duérmete, duérmete...

A la mañana siguiente me desperté con el cristal de Kreskin debajo del cuerpo. Me dolía el trasero por haber dormido así. Y me sentí fatal por haberlo usado y no haber cumplido la promesa que le hice a Jimmy Fargo.

Habíamos hecho un trato y yo lo había roto. ¡Vaya amigo! ¡Qué desastre! Me hubiera gustado decirle que podía usar nuestra roca del parque, pero Jimmy estaba en Vermont con su madre y allá no tienen teléfono.

No era yo el único que tenía problemas para dormir. Fudge dijo en el desayuno:

—No puedo dormir.

—¿Por qué no? —le preguntó papá.

—Porque tengo miedo.

—¿De qué? —le dijo papá.

—De los monstruos.

—Los monstruos no existen.

—¿Cómo lo sabes, papá?

—Porque lo sé —respondió mi padre, poniendo mermelada de fresa en su tostada.

—¿Lo aprendiste en la uni? —le preguntó Fudge,

que estaba haciendo una especie de masilla, aplastando sus cereales.

—No.

—Pues, ¿dónde lo aprendiste?

Papá sorbió su café y luego contestó:

—Hummm... Creo que en el cole.

—¡Venga, hombre! —le dije yo, riéndome.

Papá me miró con una cara como diciéndome que no meta la pata; y yo me preguntaba si él y mamá me habían contado las mismas memeces que le cuentan a Fudge cuando yo era canijo y si yo me las creía.

—Pues todavía tengo miedo. Quiero dormir con Peter —dijo Fudge.

—¡Ni hablar! —dije yo—. En mi cuarto no hay sitio para ti porque hablas en sueños, tío.

—Pues entonces dormiré con mamá.

Mamá, que hasta ese momento había estado leyendo el periódico, nos miró y dijo:

—¿Qué?

—Que de ahora en adelante voy a dormir contigo —dijo Fudge.

—Tú tienes tu cuarto, Fudge. Estás muy grandecito para dormir en el nuestro —dijo ella.

—¡Yo no quiero estar solo en el cuarto! Yo quiero compartirlo. Es mejor compartir. Siempre lo estáis diciendo —gritó mi hermanito.

Mamá suspiró y dijo: —Pero, hombre, eso es diferente. Compartir es... compartir galletas y juguetes y...

—A lo mejor si Fudge duerme con Tortuga... —dijo papá, pero no le dejé continuar.

—¡Eh, oye! —le dije—. Tortuga es mi perro, ¿no te acuerdas?

—Pero, ¿tú querrás compartirlo? ¿Verdad, Peter? —siguió papá.

—Por las noches, no. Tortuga duerme conmigo.

Fudge empezó a llorar.

—¡A nadie le importa lo que le pase al pequeño Fudge! ¡A nadie le importa que se lo coman los monstruos!

—Pero, ¡si nadie te va a comer! —dijo mamá.

—¿Cómo lo sabes? —le preguntó Fudge.

—Porque lo sé.

—¿Lo aprendiste en el colegio?

—Hum... —dije yo—, me vais a perdonar; pero ya me conozco el resto.

Fudge encontró una solución a su problema. Cada noche, después de que todos nos metiéramos en la cama, arrastraba por el recibidor su bolsa de dormir Snoopy; la plantaba enfrente de la puerta de mis padres y allí dormía.

Y ellos no hicieron nada especial al respecto, sino que, cuando se levantaban, pasaban por encima de Fudge. Decían que era una fase por la que él tenía que pasar y ya. Que la superaría. Y es que Fudge, si no estaba pasando por una fase, es que estaba pasando por otra. No pude menos que pensar si uno de estos días no sería Tootsie la que empezaría a pasar por diferentes fases también. Y, por la pinta que tenía la cosa, podíamos seguir así de por vida.

***

El día antes que empezara el colegio, Alex y yo fuimos en bici al centro comercial a comprar los útiles escolares que necesitábamos. Me sentía la mar de solo sin Jimmy y me preguntaba todo el rato cómo sería el cole. A lo mejor todos mis compañeros me van a odiar. A lo mejor los voy a odiar yo. A lo mejor nos vamos a odiar mutuamente. A lo mejor mi profe es lelo; y los profes lelos son lo peor de lo peor. Si lo sabré yo: en tercer grado me tocó uno.

Esa noche, ni siquiera hice un esfuerzo por no utilizar mi cristal de Kreskin; y así y todo, me desperté un trillón de veces.

A la mañana siguiente le pregunté a mamá cómo le iba a hacer para ir al cole en bici con Alex y a la vez llevarlo a Fudge a pie. Porque Alex me había contado que aquí en Princeton la gente va al colegio en bici.

—A lo mejor, si vas despacio, él puede seguirte andando.

—¡Venga ya, mamá!

—Bueno, a lo mejor puedes ir a pie con él hasta que conozca el camino él solo.

—Sí, claro. Eso puede llevarnos un año. Además, yo quiero ir al cole con Alex.

—Mira, Peter... ¿Qué tal si le acompañas la primera semana y luego ya veremos?

—Es que me parece que no entiendes, mamá. La gente de sexto grado no va por ahí llevando a los niñitos al kindergarten, ¿me entiendes?

—Creo que tú eres el que no entiende lo mal que lo va a pasar Fudge cuando se entere —y mamá cerró la puerta del frigo de un portazo—. Pero, si no hay otra, pues lo llevaré yo misma.

—Ésa me parece una idea estupenda —le dije.

Pero Fudge, que estaba oyéndonos detrás de la puerta, apareció por allí berreando:

—¡No! ¡Yo quiero ir al cole con Peter! ¡Me lo prometiste, mamá!

Mamá me miró y me dijo: —¿Lo ves?

—Bueno —dije yo—. Vale. Yo, en bici, y tú me sigues andando.

—Yo también iré en bici.

—Tú no tienes bici, Fudge.

—Tengo triciclo.

—Pero es que no se puede ir al cole en triciclo.

—¿Por qué no?

—Porque no. ¡Y date prisa que no quiero llegar tarde el primer día!

Alex me esperaba fuera y enseguida nos fuimos al colegio. Fudge intentaba con todas sus fuerzas correr a nuestra marcha, jadeando a todo jadear; pero, aunque ibamos muy despacio, no podía mantener nuestro mismo paso. A mí me empezó a dar pena el crío. No era culpa suya ser uno de los pequeñajos del kínder; así que le aupé sobre la barra de mi bicicleta, aunque mis padres me hubieran dicho algo así como un millón de veces que no lo hiciera nunca. Creo que se enteraron de alguien que se rompió la cabeza de esa manera; pero, como no se iban a enterar, pues "corazón que no ve, corazón que no siente..." Además, el cole no estaba lejos.

A Fudge le encantó lo de ir en la barra. Saludaba a todo el que pasaba por la calle y canturreaba:

—¡Hoy empiezo el kínder!

Alex, que es hijo único, se moría de risa.

Cuando llegamos al cole, le llevé al kínder, a la clase de la señorita Hildebrandt, y le entregué a ella su tarjeta de identificación. Después me fui arriba con Alex al sexto grado, al aula del señor Bogner. Al llegar, encontré a toda la clase que cantaba:

¿De quién es hoy el cole?
¿De quién es hoy el cole?
¿De quién es hoy el cole?
Que no hay ya quien lo controle.
El cole es ahora nuestro
El cole es ahora nuestro
El cole es ahora nuestro
¡Porque somos los de sexto!

Me senté en el pupitre que está al lado de Alex. Del otro lado, se sentaba una chica que era por lo menos tres cabezas más alta que yo y que tenía el pelo castaño y revuelto.

El señor Bogner no era lelo; pero nada lelo. Tengo mucho ojo para esas cosas. Primero nos contó cómo había pasado el verano: había estado en Colorado como instructor, especialista en actividades al aire libre, y enseñaba montañismo a grupos de universitarios. Después, fuimos nosotros los que tuvimos que contarle cómo habíamos pasado el verano. Me hubiera gustado poder contar algo más interesante a mis compas; algo así como: "Este verano crucé el Atlántico en un barco a vela: yo, mi perro Tortuga y mi amigo Jimmy Fargo. Bueno, claro, sí que pasamos momentos difíciles; pero, en fin, el caso es que lo logramos: todo salió bien".

Pero Alex estaba allí y sabía la verdad; de modo que...

Éramos tres, los nuevos de la clase: otro chico, llamado Harvey, que venía de Pennsylvania, y una chica, Marta, que era de Minnesota.

El señor Bogner nos habló de los proyectos que íbamos a hacer durante el curso, como construir un barco vikingo y estudiar nuestro estado natal, el de New Jersey. A mí me hubiera gustado decirle que New Jersey no era para nada mi estado natal y que nunca lo sería; pero, antes de que se me presentara la oportunidad, Marta le preguntó:

—Perdone, señor Bogner, pero mi estado natal es Minnesota; así que... ¿me tocará estudiar Minnesota, mientras los demás estudian New Jersey?

—No, Marta —le contestó el profe—. Mientras vivas aquí, puedes considerar New Jersey como tu estado.

—Pero, señor Bogner...

—¿Por qué no vienes a verme cuando acabemos la clase? —le preguntó él. Y no parecía ni enfadado, ni nada.

Más tarde, me enteré de que la chica que se sienta a mi lado, la del pelo revuelto, se llama Joanne McFadden. Le iba a preguntar cómo se llamaba, cuando llegó un mensaje a través del telefonillo de clase.

—Buenos días, señor Bogner —se oyó—; por favor, ¿podría mandar a Peter Hatcher al despacho del señor Green?

—Desde luego, señor. Ahora mismo —respondió mi profe.

—Graaaacias —contestó la voz.

El señor Green es el director del cole. ¿Qué rayos querría de mí?

Joanne McFadden me preguntó en voz baja:

—¿Qué has hecho?

—No tengo ni idea —le contesté, al mismo tiempo que sentía que se me subían los colores a la cara.

—¿Sabes dónde queda el despacho del señor Green? —me preguntó el profe.

—No, pero lo encontraré. Gracias.

—No te preocupes tanto, Peter —me dijo entonces—. No te ha dado tiempo a cometer ninguna fechoría. Hoy es sólo el primer día de clase.

Todos se rieron, menos Joanne McFadden. Ella me sonrió con una sonrisa un poco, así como tímida, creo.

"Será algo que tenga que ver con mi inscripción" —pensé, mientras me encaminaba al despacho del dire—. "Apuesto a que a mi madre se le olvidó llenar la parte de la hoja de inscripción donde preguntan a quién avisar en caso de emergencia cuando no se pueda localizar a los padres. Todos los años se le olvida. O, a lo mejor, el dire me quiere saludar personalmente, porque soy nuevo en este colegio. Pero, hubiera llamado también a Harvey y a la Marta de Minnesota... ¿Llamará a la gente por orden alfabético? Yo no sabía cuál era el apellido de los chicos nuevos. A lo mejor ha empezado por la A y a lo largo de la mañana ha ido llegando a la H. Sí, eso parece que es".

Encontré el despacho del señor Green. Entré y le dije a su secretaria:

—Soy Peter Hatcher.

—Pasa, que te está esperando —me contestó ella.

—¿Quería usted verme, señor Green? —le dije

cuando pasé.

—¡Hola, Peter! —dijo él.

El señor Green se parece a mi tío, pero con bigote. (Le presto más atención a estas cosas desde que papá se ha empezado a dejar la barba.)

—Tenemos problemas con tu hermano —me dijo.

¡Claro! Me lo tendría que haber imaginado.

—Hemos intentado ponernos en contacto con tus padres, pero no contestaba nadie el teléfono; así que pensamos que tú podrías ayudarnos.

—¿Qué ha hecho esta vez? —le pregunté.

—Bueno, un montón de cosas... —dijo él—. Bajemos al kínder y lo verás.

Y allí nos fuimos los dos.

Todos los niños del kindergarten estaban en lo suyo: unos hacían construcciones con los cubos de plástico, otros pintaban, y otros jugaban en grupo en un rincón. Era tal como yo recordaba el kínder. A quien no se veía por ninguna parte era a Fudge.

—¡Ay, señor Green! —dijo la señorita Hildebrandt, cojeando hacia nosotros—. ¡Qué bien que haya venido! ¡No sé ya qué hacer con él! ¡No quiere bajar!

Levanté la vista. Fudge estaba encaramado encima de los armarios, tumbado allá arriba de lo más tranquilo a poca distancia del techo.

—¡Hola, Peter! —me dijo y me saludó con la mano.

—¿Qué haces ahí? —le pregunté.

—Descanso —contestó.

—¡Bájate de ahí, tío!

—No me quiero bajar; no me gusta el cole. Me voy a ir.

—No puedes irte —le dijo el señor Green.

—¿Por qué no? —le preguntó Fudge.

—Porque tu deber es ir al colegio; si no, ¿qué vas a ser cuando seas grande?

—Pájaro —respondió Fudge—. Voy a ser pájaro.

—¡No se puede negar que este chico tiene una imaginación muy fértil! —dijo el señor Green, riéndose.

—Creo que yo no lo describiría precisamente así —comentó la señorita Hildebrandt.

—¿Qué fue lo que pasó para que se encaramara sobre el armario? —le pregunté.

—Bueno —contestó ella—. Eso sería muy largo de contar.

—Es que ella es mala —gritó Fudge—. ¡M-a-l-a! ¡Mala!

—¡Señor Green! A usted, que me conoce desde hace tiempo, yo..., es que, le pregunto...: ¿alguna vez he tratado mal a mis alumnos..., es decir, consciente, e intencionalmente, sobre todo en su primer día de colegio?

—Se negó a llamarme Fudge —dijo él—. Por eso le pegué una patada.

—¿Le pegó una patada? —le pregunté a la señorita Hildebrandt.

Ella se levantó la falda y me enseñó el moretón.

—Y no tengo reparo en decirte que me dolió muchísimo —dijo—. Casi me desmayo..., justo ahí delante de los niños.

—¿Fue entonces cuando mi hermano se subió ahí?

—Sí. Así es.

—¡Porque no quería llamarme Fudge! —repitió él.

—No es un nombre apropiado para un niño —dijo ella—; y no es como si no tuviera nombre: que lo tiene.

Se llama Farley Drexel Hatcher. Le dije que le llamaría Farley... o Drexel o... F.D....

—¡Pero que no me llamaría Fudge! —chilló él.

Todos los niños se dieron la vuelta para mirarnos y de repente el aula quedó en silencio.

—Así es —le contestó ella—. Eso de "Fudge" está muy bien para un dulce; pero no para un chico.

—Ya le dije que soy un pájaro —chilló Fudge.

—A ese chico de veras que le falla algo —dijo ella.

—¡No le falla nada! —le dije yo, entonces—. Mi madre le llama Fudge; mi padre le llama Fudge; mi abuela le llama Fudge; sus amigos le llaman Fudge; mis amigos le llaman Fudge; yo le llamo Fudge; y él se llama Fudge a sí mismo...

—Creo que has dado en el clavo —dijo el señor Green.

—No puedo; es que no puedo imaginarme a sus padres llamándole Fudge —dijo ella.

—Usted no conoce a mis padres —le dije.

—Sí, eso es verdad; pero...

—Creo que lo que tenemos aquí es lo que podría llamarse "un conflicto de personalidades" —dijo el señor Green—; así que... ¿qué tal si lo llevamos a Fudge a la clase de la señorita Ziff?

—¡Espléndida idea! —afirmó la señorita Hildebrandt—. ¡Y cuanto antes, mejor!

—¡Oye tú! —le dije a Fudge—. ¡Ya puedes bajar, que vas a ir a otro kindergarten! ¡Venga!

—¿Y me llamará Fudge la profesora?

—Si tú quieres, sí —le dijo el señor Green.

—¿Y podré jugar con los bloques redondos?

El señor Green miró a la señorita Hildebrandt.

—Nunca les dejo utilizar los bloques redondos en el primer día de colegio. Es una de mis reglas —dijo ella.

—Es que no puedes construir nada majo sin los bloques redondos —dijo Fudge.

—Se lo preguntaremos a la señorita Ziff —le dijo el señor Green a Fudge—. Pero, aquí tenemos nuestras reglas..., y las tendrás que respetar.

—Bueno, si me dejan jugar con los bloques redondos... —dijo Fudge.

El señor Green se desabotonó el cuello de la camisa y se secó la frente con un pañuelo.

—Date prisa —le dije a Fudge—. Me estoy perdiendo cosas importantes en mi clase.

—¿Cómo qué? —preguntó él.

—Tú no te preocupes por eso y baja.

Fudge descendió de lo alto del armario hasta la parte de arriba de los estantes, desde donde el señor Green lo cogió en brazos y lo bajó al suelo.

—Adiós, Farley Drexel —le dijo la señorita Hildebrandt.

—Adiós, Cara de Rata —le contestó él.

Le di un codazo y le dije en voz baja:

—No puedes ir por ahí diciéndoles esas cosas a los profesores.

—¿No? ¿Aunque sea verdad?

—No, ni siquiera si es verdad.

El señor Green y yo le acompañamos a Fudge al aula de al lado, al kindergarten de la señorita Ziff, que en ese momento estaba leyéndole a los niños *Arturo el comehormigas*. Y mi hermano se quedó muy impresionado. Muy bien impresionado. Se lo noté enseguida.

—Ya me sé ese cuento —dijo él—. A Arturo no le gusta comer hormigas rojas.

El señor Green le pasó a la señorita Ziff la tarjeta de Fudge.

—Su nombre es Farley Drexel, pero todos le dicen Fudge —dijo él.

La señorita Ziff le sonrió a Fudge y le dijo:

—Me apuesto cualquier cosa a que eres tan dulce como tu nombre.

—Sí que lo soy —contestó él.

Que se lo pregunten a la señorita Hildebrandt me dije para mis adentros.

Y así empezaba la vida escolar de mi hermano.

Capítulo 7

Un pájaro muy culto

Todos los días, Fudge traía a casa los dibujos que hacía en el kínder y mamá los colgaba en la pared de la cocina. Un día le dijo:

—Fudge, te estás portando tan bien en el cole que te voy a hacer un regalo. ¿Qué te gustaría?

—Un pájaro —respondió Fudge, como si llevara cientos de años pensándolo.

—¿Un pájaro? —repitió mamá.

—Sí, un pájaro para mí solo.

—Un pájaro... —dijo papá, rascándose la barba recién nacida.

—Bueno, yo pensaba más bien en un yo-yo o algo por el estilo —dijo ella.

—Ya tengo un yo-yo, pero no tengo un pájaro —reclamó Fudge.

—No veo por qué Fudge no pueda tener uno —dijo papá—. Puede que le haga bien tener un animalito para él solo.

—Pero, Warren, ¿crees que pueda cuidar de él? —le preguntó mamá.

—Sí, yo creo que sí —respondió papá.

—Bueno... —dijo mamá, y me di cuenta de que no estaba plenamente convencida—. Bueno, si a ti te parece bien —dijo después—; pues por mí, vale.

—Y dormirá en mi cuarto, ¿verdad? —preguntó Fudge.

—Sí —dijo papá.

—¿En mi cama?

—No —contestó papá—. Los pájaros duermen en sus jaulas, no en camas.

—Pero, si yo tendría muchísimo cuidado —dijo Fudge— y lo pondría debajo de mis mantas y todo.

—Los pájaros no pueden dormir en camas —repuso mamá.

—¿Por qué?

—Porque les gusta dormir de pie —contestó mamá.

—¿De verdad?

—Sí, Fudge, de verdad.

—Creo que esta noche lo voy a probar —dijo Fudge.

—Es que la gente duerme acostada —le explicó papá— y los pájaros, de pie, ¿sabes? Ésa es una de las diferencias entre la gente y los pájaros.

—Y otra que los pájaros vuelan, ¿no? —dijo Fudge.

—Sí, también —respondió papá.

—Pues algún día yo pienso volar —dijo Fudge—. ¡Igual que un pájaro!

—No cuentes con ello, chaval —le dije yo, pero ya no me oía. Se había puesto a bailar alrededor de la sillita de Tootsie, sin parar de cantar:

—Pájaro, pájaro, pájaro..., un pájaro para mí solo...

—Ba, ba, ba —contestó Tootsie, tirando al suelo su peluche. Es su juego favorito: primero tira el peluche al suelo y luego se pone a berrear, hasta que llega uno de nosotros y lo recoge. Y, en cuanto lo recupera, lo vuelve a tirar. ¡Cada cosa...!

A Tootsie ahora le están saliendo los dientes y le duelen las encías. Llora como una posesa. Le damos un anillo de plástico que solemos tener en el frigo para que lo muerda, porque el frío le calma las encías.

Bueno, la verdad es que muerde todo lo que pilla, incluyendo sus dedos del pie. No hago más que decírselo a mi madre, que no me parece bien eso de que crezca con los pies metidos en la boca; pero ella dice que eso es algo pasajero y que ya lo superará. Hasta me sacó una foto mía de cuando era de la edad de Tootsie. También yo me metía los pies en la boca.

Le dije a mamá que tirara esa foto y también otra donde estoy con una escoba, desnudo. Si la foto corriera por ahí, las carcajadas no se acabarían nunca.

Fudge le preguntó a mamá si podía llevar a Tootsie al colegio para la actividad de "Enséñalo y cuéntanos". Quería repetir el éxito que había tenido con la charla que les dio a los otros niños de la guardería sobre "Cómo se hacen los bebés". Mamá le llamó a la señorita Ziff, quien pensó que era una idea estupenda; pero, antes de que la llevaran a cabo, la señorita tuvo que consultarlo con el señor Green. El señor Green dijo que ni hablar y que de ninguna manera; así que la cosa se acabó allí. Fudge se quedó bastante desilusionado; pero mamá y papá le convencieron de que, cuando tuviera su pájaro, tendría algo mucho más interesante que contar en "Enséñalo y cuéntanos".

***

La abuela vino a visitarnos y se quedó unos días en casa.

—Me van a comprar un pájaro —le dijo Fudge.

—¿Y qué clase de pájaro te van a comprar?

—No lo sé. ¿Qué clase de pájaro va a ser? —les preguntó Fudge a mis padres.

Y todos contestamos a la vez:

—Un canario —dijo mamá.

—Un periquito —dijo papá.

—Un estornino —dije yo.

Fudge estaba desconcertado.

La abuela intervino:

—Bueno, ya veo que aún no lo habéis decidido.

—Los estorninos pueden hablar —le dije a Fudge.

—¿Un pájaro que habla? —preguntó él.

—Sí. Le puedes enseñar a decir todo lo que quieras.

—¿Todo lo que quiera? —prosiguió Fudge.

—Sí, bueno, casi todo —le contesté mientras pensaba: "Ya sé a lo que vas, tío..."

—¡Un pájaro que habla! —repitió mi hermano con satisfacción. ¡A Fudge le van a comprar un pájaro que habla!

—Bueno, oye, espera un momento —le paró papá—. Todavía no hemos decidido qué clase de pájaro vamos a comprar. Yo pensaba en un bonito periquito azul: le puedes enseñar a aterrizar en un palito.

—Y yo, en algo así como en un precioso canario amarillo. Los canarios cantan y te hacen sentir feliz, ¿sabes? —repuso mamá.

—¡Qué bonito! —dijo Fudge—. Papá se compra un periquito; mamá, un canario; y yo, un estornino.

—Sólo vamos a comprar *un* pájaro —le contestó mamá—: uno solo.

—¡Ah! —dijo Fudge—, entonces papá se queda sin su periquito y mamá sin su canario, porque Fudge tendrá su estornino; y Peter dice que los estorninos hablan y que saben un montón de cosas.

Mamá y papá me miraron.

—Bueno, oye, no sabía que tú querías un canario y que tú querías un periquito —les dije—; ¿cómo rayos lo iba a saber? No lo habíais dicho nunca.

—Un estornino será muy educativo para Fudge —comentó la abuela.

—Si le enseño a hablar —dijo Fudge—, a lo mejor él me enseña a volar —y abrió los brazos y los empezó a mover para arriba y para abajo.

A Tootsie le dio hipo y luego empezó a llorar.

—¿Quién quiere unas galletas que he traído? Las he hecho yo —preguntó la abuela. Luego levantó a Tootsie de su sillita y la cogió en brazos, dándole palmaditas en la espalda.

La abuela es muy buena para lograr que la gente cambie de rollo.

***

Al día siguiente, cuando volví del colegio, el coche no estaba y la casa se hallaba en silencio. Fui al piso de arriba y, cuando me dirigía a mi cuarto, oí algo raro que venía del cuarto de Tootsie. Su puerta estaba a medio cerrar y, por la abertura, eché un vistazo. Y, nada, allí estaba mi abuela: descalza, bailando y dando vueltas con Tootsie en los brazos y cantando una canción:

Tootsie, Tootsie,
Adiós, adiós;
Tootsie, Tootsie,

No me llores, por favor.

El tren me lleva,

el tren se va;

Tootsie, Tootsie,

Sé que pronto tú vendrás.

—¡Hola, abue! —le dije.

—¡Oh, Peter! —dijo y se puso roja como un pimiento.

—¿Qué estabas haciendo? —le pregunté.

—Bailando —respondió—. A Tootsie le encanta, ¿sabes?

—Pues, no. No lo sabía.

Tootsie le agarró por el pelo y empezó a tironeárselo con mucho entusiasmo.

—¿Y qué es lo que cantabas?

—"Tootsie, Tootsie, adiós, adiós" —dijo ella.

—Pero, ¿quieres decir que esa canción existe? ¿Que no te la estabas inventando?

—No, hombre, no. Era muy popular en los años... Bueno, veamos... No me acuerdo del año..., pero fue todo un éxito.

Tootsie empezó a menearse en los brazos de la abuela; quería más y la abuela me la pasó.

—Toma —me dijo—. Prueba tú.

—¿Yo? ¿Qué quieres? ¿Que baile con Tootsie?

—¿Y por qué no?

—¡Pero, abuela! ¡Que estoy en sexto grado! ¡No puedo ir por ahí bailando con un bebé!

—¿Pero por qué no?

—Pues... pues, porque...

—¡Venga, tío! —me dijo ella—. Te la canto y la

bailas, ¡anda! —y empezó otra vez—: "Tootsie, Tootsie, /Adiós..."

Yo empecé a dar vueltas por la habitación con la nena en brazos y la nena se puso contentísima. Tenía razón la abuela. Tootsie gritaba y se reía y echaba la cabecita hacia atrás y enseguida empecé a reírme yo también y los tres nos lo estábamos pasando chachi, hasta que apareció Fudge en la puerta, preguntando:

—¿Qué haces, Peter?

—¡Oh! Pues, bueno..., yo... estaba...

—Bailando —dijo la abuela—. A Tootsie le gusta bailar, así que estamos bailando con ella —y la abuela volvió a ponerse los zapatos que había dejado bajo la cama.

Puse a Tootsie en su silla otra vez y le arreglé el pelito con las manos, preparado para decirles a todos que esa idea de bailar había sido de la abuela, que yo sólo le estaba siguiendo la corriente. Pero resultó que no tuve que explicar nada a nadie, pues nadie pareció encontrar nada raro en el hecho de que bailara con Tootsie, mientras la abuela le cantaba su canción "Tootsie, Tootsie, adiós, adiós".

—Adivina, adivinador —dijo Fudge.

—¿El qué? —dijo la abuela.

—¡Que lo vi! ¡Que vi a mi estornino!

—¿Dónde? —le pregunté.

—En la tienda —contestó Fudge—; y mañana lo traemos a casa. Es que tienen que pedir la jaula. Es todo negro, con las patas y la nariz amarillas.

—¡El pico, no la nariz! —le corregí.

—Nariz, pico, ¡qué más da! —dijo él—; y, además..., ¡habla!

—¿Y qué dice?

—Dice "hola" en francés.

—¿En francés?

—Eso es, en francés —respondió mamá—. Es un estornino muy culto.

—Y ya le he puesto nombre —dijo Fudge.

—¿Qué nombre?

Esperé que me dijera Pierre o Jacques, ya que hablaba francés.

—Tío Plumas —dijo él.

—¿Tío Plumas?

—Sí —respondió Fudge—. ¿No te parece un nombre muy bonito para un estornino?

—Bueno... hum... Es un nombre no muy común, desde luego.

—Y también muy particular, ¿no?

—¡Oh, sí! Muy particular, sin duda.

—¿A que es un privilegio? —me preguntó—. ¿A que sí?

—No, no es un privilegio. No tiene nada que ver con privilegios.

Nunca hubiera debido decirle al chaval la tal palabra. No sabe cómo usarla todavía; y, a lo mejor, nunca lo sabrá.

—Bueno, pues no es un privilegio; y, bueno, ¿qué más da? —dijo Fudge y se puso a cantar:

Tío Plumas a volar
se puso un buen día.
Y llegó a este lugar
a buscarse compañía.
Todos luego preguntaron:

¿Saben de quién es el tío?
Pero luego se callaron
al enterarse que era mío.

—Venga, abuela —dijo después—. Ahora baila conmigo.

Y la abuela y él se agarraron de las manos y empezaron a bailar por el cuarto, tarareando la canción del "Yankee Doodle".

Mi familia y sus números musicales me empezaron a resultar excesivos, así que me largué a casa de Alex a ver si allí encontraba un poco en paz.

***

Al día siguiente, fueron a la tienda por el estornino y volvieron con el Tío Plumas y su equipo completo: la jaula, lo que cubre la jaula, una caja de comida para pájaros y un libro llamado *Conoce a tu estornino*.

—*Bonjour, bonjour* —decía Tío Plumas una y otra vez.

—Eso quiere decir "Buenos días" en francés —me explicó Fudge como si me desayunara.

Papá llevó la jaula del bicho al cuarto de Fudge, que da la casualidad de que está al lado del mío y durante toda la tarde estuve oyendo "*bonjour, bonjour*" en la voz del estornino. Golpeé la pared y dije:

—Oye, Fudge, ¿no podrías enseñarle otra cosa?

—Lo estoy intentando —contestó él.

—Intentando, intentando —repitió el estornino.

"Fenomenal" —pensé—. "Justo ahora que Fudge estaba superando su costumbre de repetir todo lo que oía, nos compramos un estornino que hace lo mismo".

"¿Por qué tuve que abrir la boca aquella noche en la cena? Bocazas, que no soy más que un bocazas. ¿Por qué no le convencí a Fudge de que se comprara un canario como decía mamá o un periquito como decía papá?"

Al día siguiente, cuando fui a echarle un vistazo al Tío Plumas, me recibió con un:

—¡*Bonjour*, imbécil!

—¡A que es listo! —me dijo Fudge—. ¡A que aprende rápido!

—Pues sí, oye, es impresionante.

Cuando salí de la habitación, el Plumas dijo:

—Adiós, imbécil, adiós...

—Imbécil eres tú —le respondí.

—Imbécil eres tú —repitió.

***

—Y le gustan los gusanos y los insectos y las plantas —dijo Fudge cuando estábamos desayunando—. Así que tendré que coger algunos gusanos por ahí.

—¡Ay, no! Estará estupendamente comiendo lo que le compremos en la tienda —dijo mamá.

—Pero, mami, ¿tú no le darías a Tootsie un solo tipo de comida, no?

—No compares. El Tío Plumas es un estornino y Tootsie, una niña.

—¡Eso ya lo sé! —dijo Fudge—. Pero el Tío Plumas necesita comerse sus gusanitos para ser feliz, ¿no lo ves?

—Pues, no. No lo veo y estoy segura de que será feliz también sin gusanos —dijo mamá y apartó el plato a un lado.

—Bueno, ¿qué tal si dejamos esta conversación para más tarde? —dijo papá—. No es precisamente la conversación ideal para el desayuno.

—Gusanos... gusanos... gusanos —canturreó Fudge.

—¡Basta, Fudge! —dijo papá; pero mamá ya se había largado al baño, de donde no volvió.

***

La abuela volvió a venir de visita el siguiente fin de semana y se quedó muy sorprendida de que Fudge no durmiera ya frente a la habitación de mis padres.

—Tengo que dormir en mi cuarto —le explicó Fudge—. Tío Plumas me necesita.

—Claro que te necesita —dijo la abuela que estaba junto a la jaula del estornino—. ¿Verdad que eres un pajarito muy rico?

—Pajarito rico, pajarito rico —repitió Tío Plumas.

La abuela se echó a reír: —¡Huy! ¡Y qué listo!

—Qué listo, que listo, qué listo —dijo Tío Plumas.

Esa noche, mamá y papá salieron. La abuela se quedó con nosotros y estuvimos todos viendo la tele. Tootsie estaba en brazos de la abuela, tomándose el último biberón.

—¿Qué tal el kindergarten, Fudge? —dijo la abuela.

—Tengo una profe muy maja —respondió él—. Dice que soy tan dulce como mi nombre.

—Y lo eres, ¿verdad? —dijo la abuela.

Yo solté un bufido.

—¿Tú no crees que lo soy, abue? —dijo Fudge.

—Claro que lo creo.

Volví a soltar un bufido.

—¿Todo el rato? —preguntó Fudge.

—Quizá no todo el rato; pero la mayor parte del tiempo, sí.

—Entonces, ¿por qué vienes aquí sólo a jugar con Tootsie y no conmigo?

—Vengo para veros a todos —dijo la abuela, colocando a la nena en buena postura para que pudiera eruptar.

—Pero siempre la estás cogiendo a ella —dijo Fudge— y le cantas canciones tontas a ella...

—No son tontas. Son canciones de los tiempos de la abuela —le dije yo—, de cuando era joven.

—¿Tú eras joven? —dijo Fudge tratando de sentarse en el regazo de la abuela.

—Claro —le contestó ella, pasándose a Tootsie al otro brazo para dejarle sitio a él.

—¿Eras pequeña... igual que yo?

—Sí. Y también iba al colegio como tú.

Fudge le quitó el sitio a Tootsie y la abuela me la pasó a mí.

—¿Y qué hacías en tu cole? —preguntó Fudge.

—Pues... cantaba canciones y pintaba y jugaba y aprendía a leer.

—¿Aprendíais a leer en tu kindergarten?

—Bueno, no en kínder. En primer grado —dijo la abuela, acariciándole la cabeza a Fudge—. Es que ha pasado mucho tiempo y casi no me acuerdo.

—¿Sabes una cosa, abue?

—¿Qué?

—Que yo soy ahora el niño mediano, ¿sabes? Y por

eso necesito mucha atención.

—¿Quién te ha contado eso, Fudge? —le preguntó la abuela.

—Se lo he oído a mamá cuando hablaba por teléfono. Es más importante que juegues conmigo que con Tootsie. Y no debes olvidarlo.

—¿Y yo, qué? —pregunté—. Gracias por lo que a mí me toca.

—Tú no necesitas atención; tú estás en sexto —dijo Fudge.

A mí me estaba empezando a fastidiar.

—El que esté en sexto grado no significa que no necesite atención —le dije.

—Todos necesitamos atención —dijo la abuela.

—¿Tú también? —preguntó Fudge.

—Sí, yo también —respondió la abuela.

—Y a ti, ¿quién te da atención? —preguntó Fudge.

—Mi familia y mis amigos —contestó la abuela.

—Debías tener un pájaro —dijo Fudge—. Te daría un montón de atención. A los pájaros no les importa nada si eres la hermana mayor o mediana.

—Tampoco le importa a un perro —le dije yo—. Debías comprarte un perro como Tortuga, abuela.

Tortuga, en cuanto oyó su nombre, levantó los ojos del suelo y empezó a ladrar.

Tootsie abrió los ojos y dijo:

—Ga, go, ga, ga.

—Sí, señora. Muy bien. Ahora cierra los ojos y duerme —le dije yo.

La abuela subió al piso de arriba para cobijarlo a Fudge en su cama. Y yo también subí, porque tenía que acostar a Tootsie.

—Buenas noches, duerme bien —le dijo la abuela a Fudge.

—Buenas noches, duerme bien, buenas noches —repitió Tío Plumas.

La abuela puso la funda sobre la jaula: el único modo de que se calle. Y aun así siguió diciendo "Buenas noches..." hasta que pegué una patada en la base de la jaula y se quedó en silencio, por fin.

***

Después de dos semanas de tener en casa a Tío Plumas, Fudge estaba listo para dar su charla sobre los estorninos. La señorita Ziff invitó a la otra sección del kínder para que asistiera a la charla y yo obtuve un permiso especial del señor Green para hacer una pira de media hora de mi clase de inglés y bajar a la presentación de Fudge, por si acaso.

Cuando todo el mundo se hubo acomodado en su sitio, Fudge dijo:

—Les presento a... ¡Tío Plumas! —y levantó la funda de la jaula.

—¡Ohhhh! —dijeron todos.

—¡Qué pájaro más hermoso tiene Farley! —dijo la señorita Hildebrandt—. ¿No lo creen, niños?

—Síí —contestaron los niños de su clase como robotitos.

—Sí, ¿qué? —volvió a decir la señorita Hildebrandt.

—Sí, ¡Farley tiene un pájaro muy hermoso! —dijeron los niños al unísono.

—Que habla francés —dijo Fudge.

—¿De verdad? —preguntó la señorita Hildebrandt.

—Bueno, ¡qué coincidencia!, ¡yo también! —se fue derecho a la jaula y le dijo:

—*Parlez-vous français?*

—Tío Plumas le miró a los ojos, irguió la cabeza y le dijo:

—*¡Bonjour,* imbécil!

Capítulo 8

Calorías para todo el día

—En Halloween[3], me quiero disfrazar de fantasma —dijo Fudge—: un fantasma horripilante, la mar de horripilante.

—Creo que no va a haber ningún problema —dijo mamá, que le estaba dando de comer a Tootsie una papilla rosa de un potito de cristal. Tootsie escupía la mitad de las cucharadas y entonces mamá le limpiaba la cara y empezaba otra vez. Para que acabase cada cucharada, tenía que hacer tres intentos por lo menos. Darle de comer a Tootsie es una tarea que puede durar el día entero.

—¿Y tú, Peter? —me preguntó mamá—. ¿Qué vas a hacer? ¿De qué te vas a disfrazar?

—Los de sexto grado no nos disfrazamos, mamá —le contesté.

—¿De veras? Pues, cuando yo estaba en sexto...

—Eso fue hace mucho tiempo —le dije.

—¿Cien años, mami, o más? —preguntó Fudge.

—No tantos —contestó mamá.

—¿Y Tootsie, de qué se va a disfrazar, mami? —le preguntó él.

---

[3] Halloween: se celebra el 31 de octubre en Estados Unidos. Al atardecer de ese día, los niños se disfrazan y van de casa en casa pidiendo golosinas.

—De bebé —le contesté yo.

—Ja, ja, ja —se rió Fudge—. ¡Qué gracioso eres, Peter!

En cuanto Fudge se ríe, se ríe Tootsie también. Y como se ríe con la boca llena, pues es realmente una porquería. La pequeña tenía grumos de comida por toda la cara, grumos que se deslizaban por el bibe, grumos pegados en el pelo y grumos en el peluche, que golpeaba contra la bandeja al compás de su risa.

Cuando mamá le da de comer a Tootsie, Tortuga no se mueve de su lado. Últimamente ha adquirido una gran afición por las comidas de nenes. Mamá dice que no es bueno para él; que necesita comer cosas duras para ejercitar los dientes y las mandíbulas.

Una vez por semana, le doy una pastilla especial para que mejore su aliento, que últimamente deja bastante que desear. Me alegro de que Sheila Tubman no ande por aquí, porque estaría todo el rato diciéndome lo mal que huele mi perro; y ahora no podría contradecirle.

Fudge dice que debería enjuagarse la boca con "Aliento Refrescante", un enjuague azul que anuncian por la tele. Es que Fudge está muy puesto con respecto a los anuncios: se los sabe de memoria y, cuando vamos al súper a hacer la compra, el tío nos vuelve locos recitando los rollos ésos de por qué debes comprar una cosa y no la otra.

Ahora mi padre suele pasar las mañanas en la biblioteca de la universidad y por las tardes trabaja en casa.

—¿Qué tal va el libro? —le pregunté un día al volver del cole.

—Lento, Peter —me contestó—. Muy lento. Todavía estoy reuniendo información. Para Navidades, espero haber terminado y poder empezar a escribir el libro en sí.

Fudge estaba en la puerta royendo un trozo de queso.

—El Dr. Seuss escribe un libro en una hora —dijo.

—¿Cómo lo sabes? —le pregunté.

—Saberlo, no lo sé; pero me apuesto lo que sea a que es verdad —dijo y empezó a cantar:

Pez espada, pez martillo, pez marrón,
Dime acaso si has comido
huevos verdes con jamón.
¿Que si he comido?
¡Claro que sí, Filemón!

—Vale, vale. Está bien —le dije.

—Bueno, chicos, que estoy tratando de trabajar —dijo papá—. ¿No podéis iros a otra habitación?

Más tarde, estábamos viendo las noticias de las seis por la tele, cuando dieron el anuncio que más le gusta a Fudge.

—¡Mira qué guay! ¡Los gatos bailones! —dijo, dejando de lado lo que estaba armando con el Lego.

—Todo el mundo sabe que los gatos no bailan. Son trucos de televisión —le dije.

—¡Tú, calla, Peter! —me contestó y después se volvió hacia papá y le preguntó:

—Hay anuncios de comida para gatos y anuncios de comida para perros: ¿por qué no hay anuncios de comida para pájaros?

—Buena pregunta, Fudge —le dijo papá sin contestarle nada en realidad.

—Estorninos de todo el mundo, ¡uníos! —dije, tratando de inventar un anuncio de comida para pájaros.

—¿Qué es "uníos"? —me preguntó Fudge.

—Olvídalo… Olvídalo —le contesté.

—Cuando repites las cosas, pareces el Tío Plumas —dijo él.

—Es que es contagioso —le dije.

—¿Qué es "contagioso"? —me preguntó entonces.

—¡Olvídalo! —respondí.

—A Tío Plumas deberíamos darle chocolate líquido.

"Choco" —dijo Fudge—. "Saludable bebida. Sírvale a su familia por la mañana y no tendrá ya que preocuparse por ellos hasta la noche, porque le da calores para todo el día".

—¿Te da qué? —le pregunté.

—Calores para todo el día.

—Calores, no, tonto —le dije—. Calorías: lo que te da energía.

—¿Sí?

—Sí. Pero, dejando eso a un lado, no te tienes que creer a pies juntillas todo lo que ves en la tele, ¿verdad, papá?

—Sí, así es —dijo él.

—Entonces, ¿uno miente cuando uno hace un anuncio, papi? —le preguntó Fudge.

—No necesariamente; pero hay veces que exageramos bastante.

—¿Qué es "exageramos"?

—Que encarecemos las cosas para conseguir algo —contestó papá.

—¿Qué es "encarecemos"?

—Que, algunas veces, papá tiene que agrandar la verdad un pelín —le dije yo.

—Gracias, Peter —me dijo papá—. Lo has expresado muy bien.

—¿Cómo sabes tantas cosas, Peter? —dijo Fudge.

—Pues, en parte porque estoy en sexto grado y en parte porque soy muy inteligente. Es de nacimiento —le contesté.

—Entonces, ¿por qué has sacado sólo cincuenta y ocho en la evualuación de geografía?

—Porque el señor Bogner nos hizo preguntas rebuscadas.

—¿Y qué es eso?

—Pues lo que hacen los profes para demostrarte que no eres tan inteligente como te crees —le dije—. Ya te enterarás algún día.

—Pues yo soy tan inteligente como me creo; así que ya ves —dijo él.

Pero yo no estaba para discutírselo.

El viernes por la tarde, Alex y yo fuimos al centro de la ciudad. Nos paramos en un cine a ver los carteles de "Superman". Yo había visto la peli en New York, pero Alex se la había perdido; así que decidimos que la iríamos a ver cuando la den.

Al lado del cine había una galería de arte, y a mí me pareció que uno de los cuadros que había en el escaparate lo había visto antes. Tenía el fondo completamente blanco, con dos círculos negros en el medio y un cuadrado rojo en el ángulo superior izquierdo.

—Creo que he visto este cuadro antes —le dije a Alex.

—La verdad es que no hay mucho que ver —dijo él.

Troné los dedos. —¡Ya sé! —le dije—. ¡Es un cuadro de Frank Fargo!

Alex se encogió de hombros.

—¿Y quién es Frank Fargo? —preguntó.

—Un amigo de mi padre —le respondí—; y, además, yo estaba allí cuando lo pintó. Vamos a entrar; anda.

En la galería no había nadie, exceptuando a una mujer muy alta y muy flaca que tenía el cuello largo como el de una jirafa y el pelo más rizado y abundante que había visto. Era muy guapa, de veras. Me gustaba su manera de andar, muy derecha y con la cabeza erguida.

—¡Hola! ¿Qué deseáis? —nos preguntó.

—Bueno —le contesté—, nos interesaba la pintura del escaparate. La de los círculos negros.

—Se llama "La ira de Anita" —dijo—. Es de Frank Fargo.

—Te lo dije; lo sabía —le dije a Alex, que no parecía muy interesado—. Yo conozco a Frank Fargo —le comenté a Cuello de Jirafa—. Es amigo de mi padre.

—¿De verdad? —preguntó ella.

—Sí —le respondí.

—¿Cuánto cuesta? —le preguntó Alex.

—Dos mil quinientos dólares.

—¿Qué? —dijo Alex—. ¿Todo eso?

—Sí. Es un pintor que se está haciendo bastante famoso.

—Pero si... ¡si eso no es gran cosa! —contestó Alex—. ¡Apuesto a que yo pinto algo así en menos de una hora!

—Igual que Dr. Seuss, que escribe un libro por hora —murmuré.

—¿Qué dices?

—Nada, ¡olvídalo!

—Puede parecer sencillo —dijo la Cuello—; pero os aseguro que, para pintar así, se necesita tener mucho talento.

A la noche, en la cena, les pregunté a mis padres si se habían enterado de que Frank Fargo se estaba haciendo famoso.

—Sí —me contestó papá—. ¿No lo sabías?

—No. Nadie me lo ha dicho. Nadie me dice nunca nada.

—Mamá y yo estamos pensando en comprarle un cuadro: uno que exponen en una galería del centro.

—¿La cosa blanca con los círculos negros y el cuadrado rojo? —le pregunté.

—La misma —respondió papá—. ¿Te gusta?

—No lo sé, pero cuesta una pasta.

—Ése es el problema —dijo papá.

—Bueno, pero ahora que voy a empezar a trabajar otra vez... —dijo mamá levantando los ojos de su ganchillo.

—¿Que vas a qué? —le pregunté.

—A trabajar —me contestó—. Es que me han ofrecido un trabajo en la ciudad a tiempo parcial con un tal Dr. Monroe, un dentista, claro.

—Creí que ibas a estudiar historia del arte —le dije—; que estabas hasta el gorro de ayudar a los dentistas.

—La historia del arte va a tener que esperar. He decidido ser más práctica —dijo mamá.

Le miré a papá y pensé: "Eso pasa por el libro. Por el estúpido libro".

—No tendrías necesidad de ser práctica, si papá fuera el presidente de su agencia, ¿a que no?

—¡Peter! —dijo mamá y sonaba muy irritada—. Lo que has dicho no es nada agradable, ¿sabes?

Me daba igual que se enfadara, porque yo también me estaba enfadando.

—Está bien, Anne, no pasa nada —dijo papá—. Ya sé por dónde va la cosa. A Peter le gustaría que yo fuera el presidente de la agencia, ¿verdad, Peter?

—Claro; ¿y a quién no? —le contesté.

—Pues a mí, por ejemplo. A mí no me gustaría ser el presidente de la agencia —dijo—; y quisiera que tú lo entendieras. Quiero escribir ese libro; y, a veces, hay que hacer no sólo lo práctico sino lo que consideras que es más importante para ti.

—Y yo no he dicho que esté hasta el gorro de mi profesión —dijo mamá—. Lo que dije fue que quería un cambio profesional y es en eso que estoy pensando. Además, trabajar otra vez me apetece mucho; y, si papá no estuviera en casa escribiendo su libro, yo no tendría a nadie con quien dejar a Tootsie. Así que todo encaja. ¿Lo ves?

—No, no lo veo —respondí—. Veo que todo es distinto.

—¿Qué quieres decir? —me preguntó papá.

—No sé... todo... Que mamá vuelva a trabajar, que tú escribas, que vivamos aquí... La recién nacida... Fudge que va al Kindergarten... Yo, en sexto grado... Todo es distinto...

—¿No te gusta que las cosas sean diferentes? ¿Es eso lo que tratas de decir? —dijo mamá.

—Es que no sé si me gusta o no.

—Adaptarse a un cambio lleva tiempo; pero creo que, a la larga, los cambios son muy beneficiosos —dijo papá.

No me apetecía seguir con aquella conversación; así que pregunté:

—¿Puedo llamarle a Jimmy ahora?

—Claro, hazlo —contestó papá.

Fue el mismo Jimmy el que respondió al teléfono.

—¡Hola, tú! ¿Cómo te va? —me dijo.

Apuesto a que se estaba comiendo algo.

—No sé —le dije—. Todo es distinto. No me acabo de acostumbrar.

—Pues por aquí todo sigue igual. Menos que tú te has ido.

Debió de haber acabado lo que estaba comiendo, porque su voz sonaba más clara. Me contó cosas del cole y que Sheila Tubman iba diciéndole a todo el mundo que me echaba muchísimo de menos. Y luego dijo:

—Peter, tengo algo que confesarte.

—¿Como qué?

—Que he estado jugando en tu roca. No sólo me he sentado en ella, sino que la he usado, ¿entiendes?

—No pasa nada —le dije.

—¿Estás de broma?

—Que no, que no pasa nada. De veras.

—¿Sabes? Eres un amigo fenomenal. Pero fenomenal.

—Bueno... Yo también tengo que confesarte algo —le dije—. He estado usando el cristal de Kreskin. No sólo mirándolo, sino eso, usándolo para poder dormirme.

—¡Oh! —dijo él.

—Así que me parece que estamos empatados.

—Sí, ya lo veo —dijo, pero su voz había cambiado. Yo ya no parecía ser tan fenomenal.

—Hoy he visto un cuadro de tu padre —le dije para cambiar de tema—. Ese blanco de los círculos negros y el cuadrado rojo.

—¡Ah, sí! —dijo él—. Lo pintó justo antes de que mi madre se fuera a Vermont. Una noche montaron una bronca terrible y mi madre le tiró un bote de pintura roja encima. Por eso tiene el cuadrado rojo y se llama "La ira de Anita".

No supe qué decir. Jimmy nunca hablaba del divorcio de sus padres. Así que volví a cambiar de tema.

—Y, ¿sabes cuánto cuesta? —le dije—. Dos mil quinientos dólares. ¿Puedes creer que haya alguien que pague tanto por un cuadro?

—Eso demuestra lo mucho que sabes de arte, Peter —dijo. Parecía que tenía la boca llena otra vez. "Serán pretzels[4]" —pensé, y él siguió—: Los tres últimos cuadros que vendió mi padre costaron más de dos mil

---

dólares cada uno. Así que, antes de abrir la boca, entérate de lo que estás hablando, tío.

Y me colgó el teléfono.

Fantástico. Era justo lo que me faltaba. Mi mejor amigo me colgaba el teléfono: "Seguro que vuelve a llamar. Cosa de diez minutos".

Pero no llamó.

***

Esperé hasta la tarde del día de Halloween y entonces le llamé yo.

—Lo siento —le dije—. Perdona.

—¿El qué?

—Pues, aquello que te dije sobre el precio de los cuadros de tu padre.

—¡Ah, eso! —dijo Jimmy.

—Es sólo que mis padres están pensando en comprárselo.

—¿Cuál?

—Ya sabes, "La ira de Anita".

—¿Ése? Pues diles que se compren otro. Ése no merece la pena. Papá también lo dice.

—Pero si tú dijiste que...

—Ya sé lo que dije.

Estuvimos callados por espacio de un minuto. Al final le pregunté:

—¿Qué vas a hacer en Halloween?

—Lo de siempre, o sea, nada —dijo—. ¿Y tú?

—Le acompaño a Fudge a dar una vuelta.

—¿Y cómo te han agarrado para que hagas eso?

—Yo mismo me ofrecí.

—¿Quééé? —Creo que ahora estaba mascando chicle—. ¡Desde luego que no bromeabas cuando decías que las cosas habían cambiado! —dijo.

Sí, sí que estaba mascando chicle. Estaba haciendo globos. Le oía estupendamente. Creo que oí el ruido de cuando explotó el globo y todo.

Mis padres se sorprendieron cuando le dije que me llevaba a Fudge conmigo. Pero es que Alex dijo que a él no le importaba que le llevásemos por ahí a dar una vuelta, siempre y cuando Fudge caminara solo y no tuviéramos que darle la mano para cruzar la calle o cosas así muy flagrantes. Además, pensábamos sacarle primero a él temprano y dejarle luego en casa y volver a salir nosotros dos solos. Yo sabía que él prefería mil veces salir con nosotros que con mis padres, como hacen todos los niñines del kínder.

Alex apareció a las seis y media. Y, cuando le vi, es que no me lo podía creer. ¡El tío iba disfrazado! Llevaba puesta una sábana decorada con círculos negros y un cuadrado rojo.

—Soy "La ira de Anita", ¿te mola? —dijo, dándose la vuelta un par de veces con los brazos extendidos.

—Pues, no es muy común que digamos... —le dije.

—¿Y tú? —preguntó él.

—¿Yo?

Yo llevaba vaqueros y una camisa de franela, o sea la misma ropa que me puse para el cole.

—Peter va de que es uno de sexto —dijo Fudge—, y Tootsie va de bebé, y Tortuga, de perro y mamá y papá, de mamá y papá; pero yo en cambio soy un fantasma muy, pero muy horripilante: ¡Uhhhhh! —y Fudge se echó a correr por la habitación.

—¿No te vas a disfrazar? —dijo Alex—. ¿Ni siquiera te vas a poner un antifaz?

—Sí, sí —dije yo—. Es que... es que lo tengo arriba. Espera un minuto que enseguida vuelvo —y eché a correr escaleras arriba y me encontré con mamá que estaba cambiando a Tootsie.

—¿Dónde está el antifaz de Fudge? —le pregunté.

Mamá me miró con cara de no enterarse.

—Sí, mamá. El que le costó las cuatro cajas de cereales y los veinticinco centavos.

—¡Ah! ¡Ese antifaz! —dijo ella mientras rociaba con talco el trasero de Tootsie—. Pues... no estoy segura.

—Pero, mamá; es que lo necesito ahora... porfa... ¡Trata de recordar!

—Creí que este año no te ibas a disfrazar.

—He cambiado de opinión y... Alex me está esperando abajo.

—A ver —dijo mamá sujetándole los pañales a Tootsie—. Puede que esté con los juguetes de Fudge. Siempre le ha gustado ese antifaz. Mira a ver en su armario, en la caja roja de juguetes.

Fui corriendo al cuarto de Fudge y abrí la puerta de su armario. "La caja roja de juguetes... la caja roja de juguetes... la... ¿a ver?... ¡Aquí está!" Saqué la caja y empecé a revolver lo que había dentro y justo en la parte de arriba estaban las gafas de montura negra y sin cristales, pegadas a la nariz de broma con la barba y el bigote, en una caja de galletas marca "Pepperidge Farm". Encontré también un sombrero que en su tiempo perteneció al abuelo Hatcher. Lo cepillé un poco y me puse el antifaz de Fudge. Me miré en el espejo del baño a ver qué tal estaba y eché a correr abajo.

—¡Eso es mío! —gritó Fudge en cuanto me vio.

—Te lo alquilo. Es sólo por unas horas...

—¡No! ¡No! ¡No!

—Bueno, vale, tío, pues no —le dije—. Pero entonces no vienes conmigo y con Alex a dar una vuelta. Puedes ir con papi, como todos los niñitos del kindergarten. ¡Adiós!

Me quité la nariz postiza y demás; dejé todo a un lado e hice como si fuéramos a irnos sin él.

—¡No, Peter! ¡Vuelve! —chilló.

—No, si no llevo puesto el antifaz.

—Vale, te lo puedes poner —dijo Fudge—; pero es mío, ¿eh?

—Sí, tío. Es tuyo. Vale —dije yo. Le miré a Alex, que se veía un poco confuso. Es que no acaba de acostumbrarse a las cosas de mi familia.

Cogimos nuestras cajas de UNICEF y las fundas de nuestras almohadas para meter lo que recolectáramos y nos fuimos.

Recorrimos toda la calle: primero cogimos una acera y fuimos calle arriba casa por casa. Luego bajamos por la otra acera y, al cabo de un rato, nos encontramos frente a la casa de la señora Muldour. Alex dijo:

—A lo mejor nos da algunos gusanillos de regalo.

—¿Gusanos? —preguntó Fudge.

—Sí, tú —le contestó Alex—. Está muy puesta en gusanos.

—También Tío Plumas —dijo Fudge.

—Tío Plumas es un pájaro —dije yo.

—¿Por qué todo el mundo dice eso todo el rato? —dijo Fudge—. Ya *sé* que es un pájaro —se estuvo callado un minuto o algo así y luego dijo—: ¿Y qué es lo que hace esa señora con los gusanos?

—Tú sabes. Se los come —dijo Alex.

—¿De verdad? —me preguntó Fudge.

—Nosotros creemos que sí —le contesté.

Llegamos al porche de la señora Muldour y Alex tocó el timbre.

—Si nos regala gusanos —dijo Fudge—, se los podemos dar a Tío Plumas, ¿no?

—Shhh... —le dije.

Nos abrió la puerta la señora Muldour, que iba de chándal.

—¡Vaya, vaya, vaya! —dijo—. ¡Qué fantasmita tan lindo!

—No soy lindo —dijo Fudge—. ¡Soy horripilante! ¡Uhhh!

La señora Muldour se llevó las manos al corazón y dijo:

—¡Huy! ¡Qué miedo!

—¡Hola, señora Muldour! —dijo Alex.

—¡Hola, Alex! ¡Qué disfraz tan poco usual llevas!, ¿no?

—Se llama "La ira de Anita" —dijo él—. La idea me la dio un cuadro que vi en un escaparate.

Ella se volvió y dijo:

—Oye, Beverley, ¡ven, que tienes que ver esto!

Y yo supe inmediatamente que era ella: Cuello de Jirafa. Lo supe incluso antes de verle la cara. Por su modo de andar y por el montón de rizos.

—Ésta es mi hija Beverley —dijo la señora Muldour—. Alex se ha vestido de cuadro. ¿Adivinas de cuál?

Beverley se quedó pensando un ratito.

—Bueno —dijo entonces—. Con el fondo blanco, los círculos rojos y el cuadrado rojo, tiene que ser "La ira de Anita".

—Eso es —dijo Alex.

Pensé en contárselo a Beverley lo de la bronca entre los padres de Jimmy: cómo la madre había tirado la pintura roja sobre el lienzo y cómo por eso el padre le había puesto ese nombre al cuadro, porque la madre de Jimmy se llama Anita. Le podía contar toda la historia de cabo a rabo. Pero luego pensé también que yo a Jimmy le he contado cosas que no he contado nunca a nadie y sé que, si fuera él, no me gustaría nada que mi mejor amigo contara cosas de mí a todo Blas.

—¿De verdad que tú comes gusanos? —le preguntó Fudge entonces a la señora Muldour, como caído del cielo a patatazos.

Le di una patada; pero no sirvió de nada porque siguió hablando.

—Peter dice que tú estás todo el rato comiendo gusanos y él sabe lo que dice porque es inteligente de nacimiento, excepto para las preguntas rebuscadas.

La señora Muldour y Beverley se miraron. Y Fudge, impertérrito, le preguntó:

—¿Es verdad, entonces?

—¿Verdad el qué? —le preguntó la señora Muldour a él.

—¿Que te has comido gusanos en la cena?

Alex soltó un gemido y yo pensé que nuestro negocio acababa de irse a freír espárragos.

La señora Muldour sonrió.

—Sí.

Y Beverley añadió:

—No hay nada como los gusanos guisados. Y la receta de mi madre no tiene igual.

—Los comemos en lugar de la coliflor, ¿sabes? Es un modo como otro cualquiera de obtener las vitaminas necesarias para una alimentación sana —dijo la señora Muldour.

—¿Sus gusanos les dan calorías para todo el día? —preguntó Fudge.

Alex volvió a gemir.

—Mis gusanos están reforzados naturalmente —dijo la señora Muldour—. Repletos de vitaminas. Nada de conservantes ni colorantes ni de aditamentos. ¡Mis gusanos son orgánicos!

La señora Muldour empezaba a sonar como un anuncio. Podía imaginármelo tan claramente. Algo así como:

¡Compre los gusanos orgánicos de la señora Muldour! Con todas las calorías que usted necesita. ¡Añádalos a los ingredientes de su receta favorita! ¡Páselos por el pasapurés y sírvalos en lugar de la coliflor como la mejor guarnición de sus mejores platos!

—¿Te gustaría probar mis deliciosas galletas de gusano? —le preguntó la señora Muldour a Fudge.

—Sí —contestó él y la siguió para dentro de la casa.

Fuimos a la cocina; y en el aparador había un gran plato de galletas.

—Acaban de salir del horno —dijo la señora Muldour.

—Parecen galletas de chocolate comunes y corrientes —dijo Fudge.

—Sí, son de chocolate —le contestó ella—. Pero también de gusano.

—¿En qué parte quedan los gusanos? —preguntó él.

La señora Muldour se echó a reír: —No se ven. Los machaco y los mezclo con la harina.

Igual que en mi anuncio pensé.

—Sírvete, anda —dijo la señora Muldour, ofreciéndoselas a Fudge—. Coge una.

Fudge eligió una galleta y se la llevó a los labios; pero dudaba en comérsela o no. Creo que estaba pensando que a lo mejor no eran tan apetecibles las galletas de chocolate con sabor a gusano.

Entonces Beverley cogió una y se la metió en la boca de golpe.

—¡Hummm! ¡Qué buena! ¡Están estupendas, mamá! —dijo. Cogió otra y se la liquidó a toda pastilla también. Luego se sacudió las migas que se le habían quedado en las manos.

Fudge mordió una galleta. La masticó muy despacio.

—Está muy buena —dijo—. Los gusanos ni se notan.

La señora Muldour nos ofreció el plato a Alex y a mí, que cogimos una cada uno.

Fudge preguntó que si podía coger otra. Y ella le dijo que era mejor que se llevara un montón y se las envolvió en un paquetito.

Cuando llegamos a casa, Fudge hizo recuento de su

botín. Volcó el contenido de la funda de su almohada en el suelo y empezó a contar:

—Once "M&M"..., siete "Crunch" de "Nestlé"..., cinco "Hershey's" sin almendras..., siete con almendras..., dos tabletas de chocolate con leche..., cuatro manzanas..., y seis galletas de gusano.

—¿Qué has dicho? —preguntó mamá.

—Nada, mamá —le contesté—. ¿Verdad que no has dicho nada, Fudge?

—Toma, mami, prueba —dijo Fudge—. Las ha hecho la señora Muldour.

—¡Hummm! —dijo mamá al probar la galleta—. ¡Qué buena! Gracias. Me pregunto de dónde habrá sacado esta receta.

—Es una receta tradicional en su familia —dije yo—. La tienen hace mogollón de años.

—Y con calorías de... —dijo Fudge, pero yo no le dejé terminar.

—Sin aditivos, ni colorantes, repletas de vitaminas. ¿Verdad, Fudge?

—Sí, Peter —y Fudge me sonrió—. De verdad.

Me di cuenta de que me había entendido perfectamente.

Capítulo 9

Superfudge

Fudge tiene un amigo que se llama Daniel. Es gordito y pelirrojo; tiene un montón de pelo y unas orejas que son aun mayores que las mías. La primera vez que lo vi estaba frente a la jaula del Tío Plumas, dándole una conferencia a Fudge.

—Los estorninos —decía— son originarios de la India y de otras partes de Asia. El estornino doméstico común es un pájaro atrevido que no le teme a nada, de tamaño algo mayor que un petirrojo.

—Petirrojo... petirrojo —repitió Tío Plumas.

—Cállate y escucha —le dijo Fudge—. ¿O es que no quieres aprender cosas sobre ti mismo?

Daniel continuó su charla:

—El estornino es un pájaro sociable y ruidoso...

—Sin duda alguna —dije yo desde el umbral de la puerta.

Daniel se volvió y se me quedó mirando fijamente.

—Y tú, ¿quién eres? —preguntó.

—Soy Peter..., el hermano mayor de Fudge —le contesté yo—. ¿Y tú?

—Soy Daniel Manheim: tengo seis años y vivo en la calle Vine nº 432. ¿Pasa algo, tío?

Esta última frase la soltó con voz de "duro" de película y sonó algo así como "¿P'sssalgo-tío?".

—Pues nada en particular —le contesté, conteniendo la risa.

Daniel se volvió hacia el Tío Plumas otra vez.

—Hay muchos estorninos que aprenden a imitar la voz humana y son capaces de cantar y silbar. El estornino común es del género *Acridotheres*, especie *A. tristis*.

—Daniel es un experto en pájaros, ¿sabes? —dijo Fudge.

—Ya lo veo —le contesté.

—¿Quieres saber algo de los buitres? —me preguntó Daniel.

—Pues, mira, no. Otro día me lo cuentas, ¿te parece? —le contesté.

✳✳✳

Daniel vino el sábado a comer a casa.

—¿Quieres mantequilla de cacahuetes o atún? —le preguntó mamá.

—Atún —dijo él—. ¿P'sssalgo o qué?

—Pues, no —dijo mamá, mirándole un poco sorprendida ante su repentino cambio de tono—. Vale, te pongo atún.

—¿Dónde está la tele? —preguntó Daniel—. Yo siempre veo la tele a la hora de comer.

—La tele está en la sala —dijo Fudge.

—¿Y no tenéis una en la cocina? —preguntó Daniel.

—Pues, no —dijo mamá—. No tenemos.

—Me dais pena —dijo él, levantándose de la silla—. Creo que me iré a comer a la sala.

—En casa no vemos la televisión cuando comemos; así que ¿por qué no te sientas y esperas a que la comida esté lista? —dijo mamá.

Daniel soltó un grito:

—¡Es que no tengo hambre, si no veo la tele!

—Pues, si no tienes hambre, nadie te obliga a que comas —dijo mamá—. Además, la tele no tiene por qué afectarte el apetito.

Yo pensaba que al niño éste tampoco le vendría mal renunciar a un par de comidas.

—A mí me gustan "Los Muppets", "Barrio Sésamo" y "Compañía Eléctrica" —dijo Fudge, como si a alguien le importara—. Y todos los anuncios: no me los pierdo por nada. Es lo que más me gusta. Mi papi solía escribir anuncios, pero ahora está escribiendo un libro, y yo salí en uno, montado en un triciclo.

—¡No saliste! —dijo Daniel.

—Sí que salí —dijo Fudge.

—¡Pues no te creo! —chilló Daniel.

Mamá apareció con los sándwiches de atún y dos vasos de leche.

—Yo no como nada que tenga cebolla, judías blancas o guisantes. Sólo bebo chocolate líquido y sólo como la miga del pan —dijo Daniel.

—No hay cebolla, judías o guisantes en el atún —le dijo mamá con una voz que yo traduje como: "A mí no puede importarme menos lo que tú comas, chaval". Pero, a pesar de ello, le trajo a Daniel el Choco para que se lo pusiera en la leche y le fue quitando la corteza al pan de su sándwich.

—Bueno, creo que ya no falta nada, ¿no? —nos preguntó luego.

—¿Verdad que salí en un anuncio, mami? —le preguntó Fudge.

—Sí —contestó mamá—. Saliste en un anuncio de triciclos.

—¿Lo ves? —le dijo Fudge a Daniel—. ¡Ya te lo decía yo!

—¿Y te pagaron? —le preguntó éste.

—No sé —dijo Fudge—. ¿Me pagaron, mami?

—Pues no lo sé, Fudge. Recuerda que estaba de viaje. Había ido a Boston a ver a la tía Linda cuando tuvo el bebé.

—¡Ah, sí! —dijo Fudge y, como mamá no lo sabía, me lo preguntó a mí—: ¿Me pagaron, Peter?

—Te dieron todas las galletas de chocolate que quisiste.

—Me dieron galletas Oreo[5] —le dijo Fudge a Daniel.

—Odio las galletas Oreo —repuso Daniel.

***

Más tarde, el mismo día en que Daniel se comió su bocadillo de atún, con el pan sin corteza y sin cebolla, sin guisantes ni judías blancas, Tootsie aprendió a gatear. Estaba balanceándose para adelante y para atrás a cuatro patas sin ir a ningún lado y de pronto se empezó a mover por la habitación. Mamá lo llamó a papá y papá subió corriendo las escaleras a buscar su videocámara.

El resto del día estuvimos filmando las actividades familiares y Tootsie fue la estrella.

A Daniel no le entusiasmó para nada la cosa.

—Todos los niños gatean —dijo.

---

[5] "Oreo": conocida marca de galletas en Estados Unidos

Tootsie se convirtió en una verdadera experta después de su primera semana de gatear. Se movía tan deprisa que era muy difícil seguirla. Y no sólo eso, sino que también aprendió a ponerse de pie. No podíamos dejar nada a su alcance. Todo lo que pillaba se lo llevaba a la boca. Y encontraba de todo: desde lápices de colores hasta carretes de hilo, desde los ladrillos del Lego de Fudge hasta el cuaderno de apuntes de papá. Una tarde lo pilló; se comió tres páginas y papá se pasó toda la noche intentando reconstruirlas.

Mamá y papá decidieron revisar toda la casa para evitar cosas como ésta. Quitaron todo lo que estaba al alcance de Tootsie. Tootsie estaba muy satisfecha de sí misma y decía:

—Oga, oga, bah, bah, buuu...

Tortuga también aprendió a gatear. Se ponía con la tripa pegada al suelo, se deslizaba por la habitación y Tootsie le perseguía riéndose. Eran grandes amigos.

Yo mantuve la puerta de mi cuarto cerrada a cal y canto. No quería correr riesgos. Papá instaló una especie de verja en la parte de abajo de las escaleras y otra, en la parte de arriba.

Había que tener cuidado también en no pisar a Tootsie. Estaba casi siempre debajo de los pies de uno.

—¡Ponedla en el corralito! —gritó Fudge un día en que le revolvió el Lego.

—Necesita libertad para poder explorar a su gusto —le explicó papá.

—Bueno, pues que no se le ocurra ponerse en mi camino —dijo Fudge—. Tendrá que aprender que soy su hermano mayor —y, ¡hala!, fue y le pisó el brazo y ella se echó a llorar.

***

El sábado siguiente me vino a ver Jimmy Fargo.

—¡Hala! ¡No me lo puedo creer! ¡Lo que ha crecido Tootsie! —dijo, viéndola ir por el suelo como un coche de carreras—. Cuando os fuisteis, era del tamaño de mi gato y ahora..., bueno, ¡es una niña normal!

—Gu... gu... gu... —dijo Tootsie y se puso de pie apoyándose en mis piernas.

—¿Qué dice?

—Nada... Balbucea como todos los bebés.

Pero a Jimmy, más aun que Tootsie, le impresionó el Tío Plumas.

—¡Buenooo! —dijo—. Éste sí que es un señor pájaro.

—Habla francés —dije—. Dile "*bonjour*". Ya verás.

—*Bonjour* —dijo Jimmy.

—*Bonjour*, estúpido —dijo Tío Plumas.

Yo me reí; pero Jimmy, no.

—Oye, cerebro de mosquito, que me llamo Jimmy. ¿Lo puedes decir? Jimmy.

—Puedes decir... puedes decir... —repitió el pájaro.

—No, tonto, ¡es Jimmy!

—Jimmy... tonto... Jimmy... tonto...

—¡Quita, pájaro bobo! —dijo Jimmy.

—Bobo... Jimmy... bobo —dijo Tío Plumas.

—¡Calla! —chilló Jimmy.

—¡Calla! —repitió Tío Plumas.

Al final, también Jimmy se rió.

—¡Vaya pájaro! —dijo.

Alex vino a buscarnos.

—O sea que tú eres el famoso Jimmy Fargo —dijo.

—¿Quién ha dicho que lo soy?

—Bueno... Como Peter habla tanto de ti... —contestó Alex.

Después de eso, las cosas fueron de mal en peor; y es duro estar en medio de tus dos mejores amigos.

Creo que mamá se dio cuenta de que lo tenía mal, porque nos sugirió:

—¡Eh, chicos! ¿Qué tal un cine por la tarde?

—¿Qué dan? —preguntó Jimmy.

—"Superman" —respondió mamá.

—Ya la he visto —dijo Jimmy.

—Yo también, pero no me importaría volverla a ver —añadí yo.

—La he visto dos veces —repuso Jimmy.

—Pues yo ninguna —dijo Alex.

—Me gustó más la segunda vez —nos comentó Jimmy.

—Me apuesto a que la tercera te gustará más todavía —dijo mamá.

—Vale, pues vamos —dijo Jimmy y se agachó para atarse los cordones de sus zapatos.

Entonces mamá propuso:

—¡Fantástico! Fudge y Daniel irán con vosotros tres.

Mis amigos y yo nos apartamos a un lado para discutir el asunto.

—A mí no me importa que Fudge venga, siempre que no se siente a mi lado —dijo Jimmy.

—Lo mismo opino yo —repuso Alex—; y no pienso tampoco sentarme junto al otro. Que es un asco.

—Lo mismo digo —opinó Jimmy.

Fui a donde mamá y le dije:

—Vale, les llevaremos; pero no vamos a sentarnos con ellos. Ya lo sabes.

—Vale. Me parece razonable —respondió mamá.

—Mamá está de acuerdo —les comuniqué a mis amigos—.

Fuimos paseando al centro de la ciudad. Era todavía muy temprano para comprar las entradas; así que fuimos a la galería de arte para que Jimmy viera el cuadro de su padre.

—Yo me vestí de "La ira de Anita" —le dijo Alex a Jimmy—; y mi disfraz estuvo superguay, aunque no queda bien que yo lo diga.

—¿Piensas que eres guay, eh? —le dijo Jimmy.

—Te estoy diciendo la verdad —le respondió Alex.

—No le aguanto a este tío —me comentó Jimmy en voz baja.

—No suele ser así —le contesté yo, siseando también.

"Nunca debí de haberlos juntado. Esto no va" —pensé.

No podían verse ni en pintura y me estaban amargando la tarde.

—¿Y si entramos y le presentamos a Beverley? —le pregunté a Alex, intentando mostrarme alegre y contento.

Beverley nos saludó, diciendo:

—Pero, bueno, ¡si son Alex, Peter y Fudge!

—Y Daniel Manheim —intervino Daniel—: tengo seis años y vivo en la calle Vine nº 432.

—Encantada de conocerte, Daniel —dijo ella.

—Y éste es Jimmy Fargo —continué—. Ya sabes, Fargo.

—¿El hijo de Frank?

—Eso.

—Me encantan los cuadros de tu padre —le comentó Beverley—. Son muy originales.

—Está trabajando en uno nuevo —dijo Jimmy—. Se llama "Desfile de salchichones".

—¡Qué maravilla! —dijo Beverley.

—Le gusta el salchichón. A mi padre —nos contó Jimmy—, los sándwiches de salchichón y cebolla son los que más le gustan.

—Yo no tomo nada que lleve cebolla —repuso Daniel.

—Lo sabemos —le dije yo.

—Salchichón y cebolla. Me apuesto a que mi padre podría vivir sólo de eso —añadió Jimmy.

Beverley se echó a reír: —Me apuesto a que no da besos muy a menudo.

—Es cierto —respondió Jimmy—. A mi madre es a la que le gustan los besos. Por eso se ha largado a Vermont.

—Bueno —continuó ella—. La verdad es que me encantaría conocer a tu padre algún día.

—A lo mejor eso se puede arreglar —dije, pensando que a lo mejor el señor Fargo y Beverley se podrían gustar.

Y Jimmy debió de pensar lo mismo que yo, porque añadió:

—Bueno, no es que coma salchichón y cebolla todos los días. Los domingos, por ejemplo, le gusta comer huevos con salmón.

—Yo no como nada que lleve cebolla o judías blancas o guisantes —interrumpió Daniel—; odio la corteza del pan y sólo bebo leche con Choco.

—Pues eres bastante difícil de contentar —dijo Beverley.

—Sí —repuso él— ¿P'sssalgo?

—No —contestó Beverley—. Nada de nada.

—Bueno, nos vamos —intervine yo—. Vamos a ver "Superman".

—¡Que lo paséis bien! —nos dijo ella.

Me preguntaba si iba alguien a esa galería. Hasta ese momento no había visto a nadie; nosotros éramos los únicos.

En la puerta del cine se había formado una cola.

Mientras nos íbamos a colocar al final, vi a Joanne McFadden. Estaba con Sharon, que es una que se pasa el día mirando a las nubes o al suelo, y con Elaine, la que pega puñetazos en el estómago.

Joanne también me debió de haber visto, porque me llamó:

—¡Eh, Peter! —dijo y me saludó con la mano—. Dame el dinero y te saco las entradas. Así no tendréis que hacer cola.

Como mamá me había dado suficiente pasta para invitarlos a todos, se la di y me quedé detrás de ella. Su pelo me dio en la cara por un golpe de viento; pero no me moví, aunque me hizo cosquillas.

—Bueno —me dijo Elaine cuando tuvimos las entradas en la mano—. ¿No nos lo presentas? —señalándolo a Jimmy Fargo.

—Sí, claro. Jimmy, te presento a Elaine, Sharon y Joanne.

Jimmy se quedó mirándola a Sharon, que se puso a mirar al cielo.

—Yo soy Daniel Manheim —dijo el pequeño monstruo—: tengo seis años y vivo en la calle Vine nº 432.

—Qué bien —dijo Elaine—. ¿Y tú quién eres? —le preguntó a Fudge.

—Fudge Hatcher.

—¿Es tu hermano el pequeño? —me preguntó Joanne—. No sabía que tenías un hermanito tan rico —me dij0000000o. Joanne jamás me había hablado tanto.

—Muy rico. Soy muy rico —dijo Fudge con una sonrisa de oreja a oreja.

—Y yo soy Daniel Manheim —repitió Daniel— y tengo seis años.

—Lo sabemos —respondió Elaine.

—¿P'sssa algo? —dijo Daniel, con esa voz de duro de película.

—¡Sí! —contestó Elaine—. ¡Arriba las manos!

Y entonces Daniel rompió a llorar.

—¡No me pegues, por favor! ¡Sólo tengo seis añitos! —y se cubrió la cara con las manos.

—¡Anda, tonto! Claro que no te voy a pegar —dijo Elaine—. Sólo les pego a los de mi edad, ¿verdad, Alex? —y le pegó un golpe.

—¡Corta el rollo! —dijo Alex y luego la llamó de todo.

—¡Huy, lo que ha dicho! ¡Huy, lo que ha dicho! —gritó Daniel.

—¡Tú te callas, chaval, o te doy un tortazo! —le dijo Elaine.

Daniel empezó a gimotear.

—Has prometido que no lo harías —chilló—. Recuerda que sólo tengo seis añitos.

—¿Por qué no os calláis todos? —dijo Sharon sin levantar la vista del suelo.

Entramos y compramos palomitas y Coca-Cola. Después les buscamos asiento a los peques y les dejamos allí sentados. Luego nos fuimos al extremo opuesto del cine y buscamos una fila vacía para nosotros seis.

Primero se sentó Alex, después Jimmy, después yo, Joanne, Sharon e Elaine. Pensé si Joanne habría intentado sentarse junto a mí, como lo había hecho yo.

Cuando empezó la peli, Joanne me ofreció palomitas; y, cuando metí los dedos en el cartucho de cartón, toqué los suyos. Después le ofrecí palomitas de las mías y nuestros dedos se encontraron otra vez. Para entonces mis dedos estaban supercubiertos de la mantequilla de las palomitas; pero ¿a quién le importaba eso?

Empecé a relajarme, aunque no me podía concentrar en la peli porque estaba pendiente de Joanne; o a lo mejor era porque ya había visto "Superman".

Y justo cuando Superman estaba a punto de besar a Lois Lane, sentí algo helado que me bajaba por la espalda y solté un grito.

Fudge estaba detrás de mi asiento con un puñado de cubos de hielo de su Coca-Cola.

—¡Hola, Peter! —me dijo y desapareció en cuanto quise ir por él.

—Pedazo de... —empecé yo, pero ya se había ido.

—Toma —me dijo Joanne, ofreciéndome un Kleenex.

—¿Podrías...? —le pregunté—. No creo que alcanzo.

Joanne me secó el pelo y la espalda; y, cuando terminó, acercó su mano a la mía. Para cuando me di cuenta, estábamos haciendo manitas. Su mano era suave y fría.

Cuando la película terminó, Joanne, Sharon e Elaine se fueron a casa y nosotros también, pero en direcciones opuestas.

—Bueno, ¿qué tal se siente uno cuando se enamora? —me preguntó Alex.

—¿De qué me estás hablando? —le contesté.

—¿De qué me estás hablando? —repitió él, imitándome.

Y Jimmy dijo:

—¿Cuándo es la boda?

—Corta el rollo, ¿quieres? —le dije yo.

***

Para cuando volvimos a casa, Alex y Jimmy no hacían más que hablar y reírse, como si se conocieran desde hace cien años y yo me empecé a sentir un poco fuera de lugar.

Papá había preparado un gran cacharro de fideos y Daniel andaba detrás de él vigilándole, hasta que mamá le explicó exactamente cuántas cebollas llevaba la salsa. Y no sólo eso, sino que había guisantes para acompañar; y lo más gracioso es que normalmente no solemos poner nada, más que pan y ensalada, cuando comemos fideos.

—Yo no como nada que lleve cebolla ni tampoco como guisantes —dijo Daniel—. ¿Qué otra cosa tienes?

—Nada —le contestó mamá.

—Entonces me parece que iré a comer a casa —dijo él.

Y juraría que mi madre sonrió.

Después de cenar, Alex pasó por su casa a buscar su bolsa de dormir; y él y Jimmy durmieron en el suelo de mi cuarto. No sabía por qué no me hacía gracia que fueran tan amigos. El que se cayeran bien no quiere decir que no les cayera bien yo, pero me costaba convencerme de ello.

***

Durante la semana siguiente, Fudge iba por ahí hablando solo: —"La mayoría de la gente lo conoce como Fudge Hatcher, un chico común y corriente. Pero su fiel estornino y su amigo Daniel saben la verdad: Más rápido que una bala y más poderoso que una locomotora, Superman..., etc, etc".

***

—¿Te acuerdas de cuando yo nací? —me preguntó una mañana.

—Sí.

—¿Crecí de verdad en la tripa de mamá?

—Sí.

—¡Oh! —me contestó. No parecía muy contento con la respuesta.

—¿Por qué? —le pregunté.

—Porque, si crecí dentro de mamá, entonces no puedo ser de otro planeta.

—Créeme, Fudge; tú sí eres terráqueo. Te lo aseguro.

Unos días más tarde, Daniel le contó que él había sido adoptado.

—Entonces —me dijo Fudge—, él sí que puede ser extraterrestre.

"Sí" —pensé—. "Eso explicaría un montón de cosas".

—Y a lo mejor hasta vuela y tal —me volvió a decir Fudge al cabo de unos días.

—No estés tan seguro, tío —le advertí.

—Daniel es mi mejor amigo —dijo Fudge—. Si, al final, resulta que es de otro planeta, tendrá que llevarme con él de visita.

—Sí, hombre —le dije—. No os precipitéis en volver.

—Tienes envidia porque tú no tienes ningún amigo que vuele.

—Ni siquiera tengo amigos extraterrestres.

—Lo siento por ti, Peter —y se marchó, moviendo los brazos, mientras decía:

—"Es un pájaro... Es un avión..."

Capítulo 10

¿Papá qué?

Mi padre se inscribió en un curso de cocina china de diez lecciones. Se compró un wok, que es un cacharro grande y redondo, y cuatro libros de cocina. Casi todas las noches se queda leyéndolos, sentado junto a la chimenea.

—Cuando termines el libro, puedes abrir un restaurante chino, ¿eh? —le dije.

—No tengo pensado abrir ningún restaurante —dijo, mientras hojeaba el libro *La cocina china de la A a la Z*.

—Sólo te lo digo porque el padre de Jimmy Fargo antes era actor y ahora es pintor; así que, bueno, pensé que a lo mejor tú ibas de la publicidad a la literatura y, al final, a la cocina. Sólo eso.

—No —me contestó papá—. Para mí cocinar es un hobby, no una profesión.

—Ya —le dije—. Me gustaría saber —añadí— si va a suceder algo, no sé, algún cambio, porque se te suele pasar contármelo.

—No pasa nada —dijo él. Hojeó unas páginas y se volvió a mamá:

—Oye, Ann, ¿qué te parece esto para mañana a la noche: pollo frito con cebolletas, setas, berros y una pisca de jengibre?

—Me parece bien —dijo ella.

—Lo que a mí me parecería bien es un vaso de chocolate con galletas —dijo Fudge, que había estado muy callado, tirado en el suelo con un cuaderno y un grueso crayón verde.

—¿Quién más se apunta? —dijo mamá, levantándose de su sillón favorito. Soltó un bostezo y estiró los brazos.

—Yo —dije.

—Bueno, pues que sea unánime, entonces —dijo papá.

—¿Qué es "unánime"? —preguntó Fudge.

—Cuando todo el mundo está de acuerdo —le expliqué.

—Todo el mundo está de acuerdo —repitió él—. ¡Qué bonito! ¡Me gusta eso de que todo el mundo esté de acuerdo!

—¿Qué es lo que dibujas ahí? —le pregunté.

—No dibujo: escribo —respondió.

—¿Y qué escribes?

—Le escribo a Papá Noel.

—¿No te parece un poco pronto para eso? Que todavía estamos comiendo los restos del pavo del día de Acción de Gracias[6] —le dije.

—A quien madruga, Dios le ayuda —dijo Fudge.

—¿De dónde has sacado eso?

—De la abuela —contestó.

—Ya me parecía a mí.

—Pues es "umánime", ya ves —dijo Fudge.

---

[6] *Thanskgiving Day* o Día de Acción de Gracias se celebra en Estados Unidos el cuarto jueves de noviembre con el tradicional pavo asado relleno.

—Papá —le advertí a mi padre—. Ten cuidado con lo que dices, porque luego éste se hace un lío.

—Un lío... un lío... un lío... —dijo Fudge.

—Se me hace que ha de ser bien difícil escribir una carta cuando ni siquiera sabes escribir —le dije.

—Sí que sé escribir —respondió.

—¿Desde cuándo? —le pregunté.

—Desde que nací —contestó Fudge.

—¡Qué gracioso! —dije yo.

—Que tú no me veas escribir no quiere decir que no sepa —dijo Fudge—. ¿Verdad, papi?

—Buen razonamiento, Fudge —dijo papá.

—Déjame ver la carta —le dije a Fudge, intrigado por si sería posible que el chaval supiera en realidad escribir—. "A lo mejor" —pensé— "el tío es una especie de genio y mis padres no quieren que me entere porque yo soy la mar de corriente. A lo mejor ellos ya saben que el tío empezará a saltarse cursos y cursos. Peor todavía, a lo mejor se salta la primaria entera y me pilla a mí el año que viene y el tío se viene a mi clase de séptimo grado. Y, mucho peor aun, a lo mejor es uno de esos superdotados que entra a la universidad a los doce años; así que entonces se hablará de él en todos los periódicos y revistas del mundo. Y la gente dirá: 'Hatcher? Ah, sí, déjame pensar, que me suena mucho. ¿Por casualidad no serás tú pariente del niño genio, de ese Fudge Hatcher que anda por ahí?' Y tendré yo que decir: 'Pues, sí, es mi hermano menor'; y la gente dirá: 'Bueno, hombre, ¡qué pena que no te haya tocado nada de su inteligencia!, ¿eh?' Y se reirán y me dejarán allí solo".

Cogí la carta de Fudge y la miré detenidamente.

—¡Son garabatos! —dije con alivio.

—¡No lo son! —dijo él.

—Papá Noel nunca podrá leer tu carta.

—Leerá la parte más importante —dijo Fudge.

—Sólo hay una palabra que se puede leer, que es "bici".

—Pues esa es la parte importante —me dijo Fudge, quitándome la carta.

—Si quieres, te ayudo a escribir una de verdad —le sugerí.

—Ésta es de verdad.

—Te ayudo a escribir una de verdad para que la envíes con tu carta, por si Papá Noel no te entiende.

Se notaba que Fudge estaba pensando en mi oferta. Cuando piensa, se muerde los labios y parece un mono.

—Vale —me dijo, entonces. Me pasó el crayón verde y una hoja blanca de papel—. Ya te diré lo que tienes que poner.

Se puso junto a mí y empezó a dictarme:

Querido Papá Noel:
Por favor, tráeme una bici de dos ruedas, que sea roja como la de Peter.

—Venga, tío —le dije—. Sé un poco más original. Pide una azul o amarilla.

—Roja —repitió—, igual que la de Peter, y sin ruedas auxiliares: las ruedas auxiliares son para los nenes.

Hizo una pausa.

—Sigue —le dije.

—Ya está. He terminado —dijo Fudge—. Ahora pondré mi nombre.

Y con una letra enorme, escribió "Fudge" al final de la carta.

—¿Y no vas a poner tu apellido?

—No.

—¿Por qué no? —le dije—. A lo mejor Papá Noel se equivoca de niño.

—No se equivocará —dijo.

—¿Cómo lo sabes? —le pregunté.

—No hay muchos niños que se llamen Fudge. Pero puedo poner una hache después de mi nombre. Así no tendrá manera de confundirse.

Mamá volvió de la cocina con una bandeja con el chocolate y las galletas y nos sentamos todos en el suelo.

—Mañana pondré tu carta en el correo —le dijo papá a Fudge.

—¿Te sabes la dirección de Papá Noel? —le preguntó Fudge.

—Sí.

—¿Y cuál es, papi?

—Humm... Ahora mismo no me acuerdo, pero sé que la tengo anotada —le contestó papá y luego mamá y él se cruzaron una mirada y se sonrieron.

∗∗∗

—Daniel también ha pedido una bicicleta; así que iremos juntos al cole en bici —nos contó Fudge dos días más tarde.

—Eso si Papá Noel te trae la bici —le recordé.

—¿Por qué no me la iba a traer? Me porto la mar de bien, ¿no, mami? ¿A que me porto la mar de bien?

No esperé a que mamá le contestara.

—Oye, Fudge —le dije—. Hay un montón de niños por ahí que no reciben ni siquiera lo que se merecen. Hay un montón de niños que...

—¿Y por qué no se les trae lo que quieren? —preguntó Fudge.

—Pues, ¡porque los juguetes y las bicicletas y todo eso cuestan dinero! —le contesté.

—¿Y qué? Papá Noel no paga —dijo Fudge.

—Las cosas no funcionan exactamente así —le dije yo, sorbiendo el chocolate.

—Entonces, ¿cómo funcionan?

—Pregúntaselo a papá y mamá —me subí la cremallera de la cazadora y cogí mis libros—. Ellos te lo explicarán.

—¿Cómo funcionan, mami? —le preguntó Fudge a mi madre.

—¡Venga, Fudge! ¡Date prisa! —le dijo mamá sin contestarle—. ¡Llegarás tarde al cole!

***

A la tarde, cuando volví del cole, le obligué a mamá a hablar en serio.

—Oye, mamá —le dije—. No creo que sea bueno que le dejéis a Fudge ir por el mundo creyendo en Papá Noel. Se cree que basta ir por ahí pidiendo cosas para que se las den. No sabe nada de los que no tienen nada para comprarse regalos y tal. Debíais hacer algo. Total, ya le habéis contado de dónde vienen los niños. ¿Cómo va a creer en Papá Noel un chaval que sabe de dónde vienen los niños?

—No veo qué tiene que ver una cosa con la otra

—dijo mamá—; pero en lo que sí estoy de acuerdo contigo es en que, tarde o temprano, se tendrá que enterar de que lo de Papá Noel no es más que una tradición —y suspiró—. Pero, bueno, ahora está tan entusiasmado con la idea y toda esta historia de Papá Noel es algo tan bonito, que papá y yo hemos pensado que no le puede hacer ningún daño, ¿entiendes, Peter? Así que, por favor, síguenos el juego.

—Supongo que a Tootsie también le contarás todo el rollo de Papá Noel, ¿no? —le pregunté.

—Supongo que sí —contestó mamá.

—Pues es un error —le dije y me largué de allí.

No recuerdo haber creído nunca en Papá Noel. Cuando tenía tres años, les pillé a mis padres poniendo regalos bajo el árbol de Navidad y, para cuando cumplí los cinco, sabía exactamente dónde encontrar los regalos que mis padres habían escondido con tanto cuidado. Y este año, sin ir más lejos, ya sé que la abuela me va a regalar una calculadora de bolsillo y mis padres, una radio-despertador, porque el pasado fin de semana las oí a mamá y a la abuela comentarlo por teléfono.

A veces creo que sería más divertido encontrarme con una sorpresa el día de Navidad. Me gustaría que mi familia se esforzara un poco más en que no me enterara de lo que me van a regalar.

✳✳✳

A la noche, después de que Tootsie se hubo dormido, Fudge nos estuvo detrás a cada uno para que escribiera su carta a Papá Noel.

—A quien madruga, Dios le ayuda —dijo.

—¿Quién te ha contado eso? ¿El Tío Plumas? —le pregunté, riéndome.

—No. Ha sido la señora Muldour —dijo Fudge muy serio y nos repartió a cada uno una hoja de papel y un lápiz.

—Sólo faltan tres semanas —dijo y luego se puso a bailotear, cantando:

Él tiene una libreta
y en ella va a anotar
si te has portado bien
o si te has portado mal.
Papá qué ya llega a la ciudad.

—¿Papá qué? —le dije.

—¡Papá Noel! —dijo él, riéndose y aplaudiendo—. ¿Lo cazas, Peter? Es un chiste. Yo digo "Papá qué" y tú entonces dices "¿Papá qué?" y yo entonces digo "¡Papá Noel!" ¿Lo coges?

—Sí, claro. Lo cojo —dije yo.

—¿A que es guay? —dijo.

—Sí, tío.

—Me lo contó Daniel.

—No me extraña nada.

—Bueno —dijo Fudge, con los brazos en jarras—. Ahora, daos prisa, que tenéis que escribir vuestras cartas a Papá Noel.

Antes que ponernos a discutir con él, sabíamos que era mejor acceder a lo que fuera. Y yo ya sabía lo que vendría luego:

—Bueno, ahora cada uno que lea su carta —dijo.

Les miré a papá y mamá, que asintieron con la cabeza para darme ánimos. De modo que leí mi carta y me volví a sentir como un niño pequeño. Hacía tanto tiempo que no me sentía así:

Querido Papá Noel:
Te pido que me traigas una o más cosas de esta lista: una radio-despertador, una calculadora de bolsillo, un estéreo para mi cuarto, seis álbumes de discos y un avión a control remoto.
Te lo agradecería muchísimo.
Atentamente,
Peter W. Hatcher

—¿Y cómo va a saber Papá Noel qué álbumes quieres? —preguntó Fudge.

—Lo que puede hacer es dejarme un vale de la tienda y ya no tendrá de qué preocuparse.

—No sabía que se podía hacer eso —dijo.

—Claro. Papá Noel puede hacer lo que le dé la gana.

Fudge asintió y se dirigió a mamá.

—Ahora tú, mami.

Cuando mamá y papá acabaron de leer sus cartas, Fudge dijo:

—Bueno, ¿y la abuela, qué?

—Estoy segura de que también ha escrito una carta —dijo mamá.

—¿Y Tootsie?

—Es todavía muy pequeña para escribir a Papá Noel —le dije yo.

—Bueno, pues escríbesela tú —dijo Fudge y me pasó otra hoja.

—¿Tengo que hacerlo? —les pregunté a mis padres.

—Sería un gesto muy bonito de tu parte, Peter —me contestó mamá.

—Vale.

Querido Papá Noel:
Te pido que me traigas un osito, un muñeco de peluche y...

—Y una caja de galletas —dijo Fudge—. Ya está. Con eso basta. Total, la niña no sabe nada de nada —Fudge se estuvo quieto un minuto y después dijo—: Y Tortuga, ¿qué?

—¡Oye, tú! ¡Que ya está bien!, ¿no? —dije—. Eso es una ridiculez y, además, ¡tengo deberes!

Pero él ya había arrancado otra hoja de su cuaderno y tuve que escribir.

Querido Papá Noel:
Te pido que me traigas una pelota de goma, unas galletas para perros y un collar nuevo.
                                        Atentamente,
                                        Tortuga Hatcher.

Doblé la carta, se la di a Fudge y le dije:

—Te advierto que no le pienso escribir a Tío Plumas.

—Su carta la escribe él solo —dijo Fudge y soltó una carcajada.

***

Daniel vino por casa al día siguiente.

—¿Le has escrito a Papá Noel? —le pregunté.

—Yo soy judío —me contestó—. No creo en esas cosas.

—¿Ah, sí? Creí que Fudge había dicho que pediste una bicicleta por Navidad.

—En casa celebramos el Januká[7] —dijo Daniel—; pero sí que pedí una bicicleta.

—¿Y a quién se la pediste?

—A mi padre y a mi madre, ¿qué te piensas?

—No sé. Creí que a lo mejor había un hada de Januká o algo así.

—Eres un imbécil, tío. De veras —dijo Daniel, metiéndose un montón de pretzels en la boca.

—Gracias, Daniel. Viniendo de ti, resulta un cumplido.

—Que te aproveche —dijo él y se marchó sin parar de refunfuñar—: Un hada de Januká, ¡ja!

***

En mi clase celebramos las Navidades el día antes de las vacaciones. Hicimos una fiesta, con galletas de Navidad y batido de frutas Isla Tropical. Pero, esta vez, no tomé ni un solo vaso de batido. No quería correr ningún riesgo, por más sed que tuviera. Nos dieron un regalito a cada uno: una bobada. A mí me tocaron un par de labios de plástico rojo.

El señor Bogner trajo una rama de muérdago a nuestra clase y nos preguntó si sabíamos algo del muérdago. Alex levantó la mano y dijo:

_____

[7] Januká: fiesta judía de las luces que conmemora la purificación del templo.

128

—Que si te cogen debajo del muérdago, a lo mejor te besan y tal.

—¿Algo más? —preguntó el señor Bogner.

Elaine dijo:

—Que si quieres que te den un beso, vas y te pones debajo.

Todo el mundo se rió.

—¿Alguna otra cosa sobre el muérdago que no esté relacionada con los besos? —preguntó el señor Bogner.

Nadie dijo nada.

—Bueno, pues entonces, creo que deberíais saber que el muérdago es, además, una planta que crece como parásito en los troncos de los árboles. Los pájaros se comen sus frutos, que son vistosos y de buen color. Sin embargo, para los seres humanos, estos frutos son venenosos. Los primitivos habitantes de Europa usaban el muérdago en sus ceremonias; y es probablemente por ello que ahora lo asociamos con las Navidades —y mientras hablaba, se dirigió al fondo de la clase, donde colgó la rama de muérdago, junto a los armarios donde colgamos los abrigos.

Luego, cuando fui por mi cazadora, me di cuenta de que estaba junto a Joanne, parado bajo el muérdago. Nos miramos y ella se acercó a mí y me dio un beso en la cara cerca de la oreja. Y, en cuanto lo hizo, se puso colorada como un tomate. Creí que se iba a echar a llorar, pero no. Así que entonces la besé yo en el mismo sitio en que ella me había besado antes; pero, como se movió en el último momento, acabé con un montón de pelo suyo en la boca.

***

La mañana de Navidad, Fudge nos levantó a todos antes de las seis.

—¡Me la trajo! ¡Me la trajo! —chilló—. ¡Una bici roja sin rueditas! ¡Gracias! ¡Gracias! ¡Gracias, Papá Noel, dondequiera que estés!

Entonces bajamos todos a abrir los regalos. Tortuga recibió todo lo que estaba en su carta y Tootsie también, aunque a ella le gustaron más los papeles de envolver que los regalos en sí. Y yo, aparte de la calculadora y de la radio-despertador, me encontré con una sorpresa: un vale por dos álbumes de discos.

A las siete y media, mamá nos preparó tortitas. A las diez, papá se quedó dormido en el sofá y mamá, en el mismísimo suelo.

∗∗∗

Esa noche, Fudge se vino a mi cuarto. Yo estaba sentado en la cama, leyendo las instrucciones de mi radio-despertador.

—¿Me enseñarás a andar en bicicleta? —me preguntó Fudge.

—Sí, claro —le respondí—, en cuanto la nieve se derrita.

—Daniel dice que él va a aprender sobre hierba.

—¡Qué tontería!

—Es que, si te caes en el asfalto, te puedes hacer daño —dijo Fudge.

—Vale, pues se te raspan las rodillas y ya.

—¿Eso no duele, verdad? ¿Te sale sangre?

—A veces —contesté.

—No me gusta que me salga sangre.

—No te preocupes, tío.

—¿A ti te pasó eso cuando aprendiste?

—Sí, claro. Un par de veces. No creas que te caes tanto; créeme —le respondí.

—Te creo —dijo y se subió a mi cama y se tumbó, apoyando la cabeza en la almohada—. Papá Noel no te trajo todo lo que querías, ¿verdad?

—Tampoco me lo esperaba —contesté.

—Te hubiera comprado un estéreo, pero no tenía tanto dinero.

—Yo no me esperaba un estéreo. Sólo estaba bromeando.

—Yo también.

—¿Qué quieres decir?

—Todo ese lío de Papá Noel...

Dejé mi libro sobre la cama y le pregunté: —¿Qué quieres decir con eso del lío de Papá Noel...?

—Pero, ¡si es que yo ya sé que Papá Noel no existe! —dijo.

—¿Desde cuándo lo sabes?

—Pues... ¡desde siempre!

—¿Que no crees en Papá Noel?

Fudge se echó a reír.

—¡No! ¡Nunca he creído! —dijo.

—Entonces... ¿por qué...?

—Pues, porque mamá y papá se entusiasman tanto, que hice como si creyera.

—¿Como si creyeras? ¿Y todas esas cartas? ¿Todo eso? —le pregunté yo.

Me sonrió.

—¿A que lo hago bien? —se jactaba él.

—Pues, sí —le dije.

Capítulo 11

Catástrofes

Papá ya no hablaba de su libro. Me parecía que no le iba muy bien. En vez de eso, le daba por hablar de la comida china, de cómo cultivar las mejores verduras orgánicas posibles o sobre el equipo de hockey de la Universidad de Princeton. Por cierto, me llevó a todos los partidos que el equipo jugó como local. Y, cuando Jimmy vino a verme, fue con nosotros.

—Me gusta esto de la violencia —dijo Jimmy—. El hockey es un deporte estupendo: mucho más sangriento que el fútbol americano; y, además, hay muchos más encontronazos entre los adversarios.

—Pero eso no es lo relevante del hóckey —repuso papá—. Es un juego de habilidad, de precisión y de ritmo.

—Sí, bueno —dijo Jimmy—. Eso ya lo sé, pero sigue siendo guay lo de la sangre rebotando en el hielo.

—¿La sangre rebota en el hielo? —le pregunté yo.

—Sí y los vómitos también. Es algo que tiene que ver con la temperatura del hielo y la temperatura del cuerpo; y entonces pasa que...

—¡Jimmy, por favor! —dijo papá que se había puesto verde.

—Es la pura verdad, señor Hatcher —continuó Jimmy—; la sangre y el vómito rebotan en el hielo.

—Bueno, quizá sí; pero ésa no es la razón por la que venimos a verlo.

—Lo sé —dijo Jimmy; pero le da un atractivo especial.

Papá movió la cabeza en desaprobación y empezó a tachar los nombres de algunos jugadores del programa.

Jimmy se inclinó hacia él y le tocó en el brazo.

—Oiga, señor Hatcher; yo no soy un tipo violento —le dijo—. No me malinterprete. Es sólo una forma de descargar algo de la agresividad que me sobra.

—Oye, Jimmy —le dije.

—¿Qué?

—¿Quieres callarte?

—Vale, de acuerdo. Me callo.

Y se estuvo callado hasta casi el final del tercer tiempo cuando cuatro de los jugadores se enzarzaron en una pelea. Entonces se levantó y gritó con todas sus fuerzas:

—¡Mátalo! ¡mátalo!

Tuve que agarrarlo por el jersey para obligarlo a que se volviera sentar.

Después, cuando estábamos acostados, él en la bolsa de dormir y yo en mi cama, me dijo:

—Voy al psicólogo del cole dos veces por semana. Dice que estoy muy cabreado por la separación mis padres, ¿sabes? Te juro, Peter, ¡es un desastre que tus padres se divorcien! Será mejor que los vigiles y que escuches con atención todo lo que se digan; así no te cogerán por sorpresa.

Y así lo hice por espacio de dos semanas, buscando algún síntoma raro; pero no vi ni oí nada distinto de lo habitual. Además, cuando mis padres discuten, terminan siempre a carcajada limpia.

***

En Febrero celebramos el primer cumpleaños de Tootsie, que continuó la tradición familiar de destrozar la tarta de cumpleaños de un puñetazo. La abuela, que cree que es mucho mejor que en los cumpleaños haya regalos para todo el mundo y no sólo para el de cumpleaños, me trajo un bolígrafo de cuatro colores, y a Fudge, un libro de Brian Tumkin que todavía no había leído.

—¡Lee! —le pidió Fudge.

La abuela lo cogió en brazos y le leyó el último cuento de Uriah, uno de los personajes de Brian Tumkin.

—Cuando era pequeño, me gustaban mucho —dije.

—Yo no soy pequeño —dijo Fudge—; el año que viene estaré en primer grado. Si quieres ver a alguien realmente pequeño, mírala a ella, a la del cumple.

La del cumple estaba sentada en su sillita alta haciendo porquerías. La abuela le había traído una taza nueva, a prueba de bombas, que no se volcaba por mucho que Tootsie se empeñara. Al final, dio un berrido, cogió la taza y se tiró la leche por la cabeza.

—El cumple de Tootsie puede que termine en una verdadera catástrofe —dije.

—¿Qué es una "catrástofre"? —preguntó Fudge.

—Cuando algo va mal —le contesté.

—O, mejor, cuando todo va mal —dijo mamá.

***

Y, hablando de catástrofes, seis meses más tarde, Tootsie aprendió a caminar. Al principio eran sólo unos pasitos: desde donde estaba papá a donde estaba mamá, o desde donde estaba yo hasta llegar a Fudge. Pero en poco tiempo ya caminaba por todas partes. A veces se estrellaba y, si no había nadie por allí, se reía y empezaba otra vez. Si, en cambio, andábamos por ahí uno de nosotros, lloraba como una descosida y no paraba hasta conseguir una galleta.

Y no era sólo ella la que se estrellaba, porque Fudge estaba aprendiendo a montar en bici y uno de los mayores problemas que tenía era detenerse. Seguía saltando de la bici, en vez de usar los frenos cuando quería parar. Esta vez me había equivocado completamente cuando le dije eso de: "un par de rozaduras en las rodillas". Tenía rozaduras por todas partes; pero no cedió en su empeño. Estaba emperrado en ir al cole en bici.

A finales de Abril, mamá y papá se convencieron de que Fudge dominaba ya el arte de andar en bicicleta lo suficientemente bien como para ir al colegio con su amigo Daniel. Éste había aprendido a andar en bici en la yerba, delante de su casa, exactamente como dijo que aprendería y sin una sola rozadura ni moretón en su haber. Y todo hubiera transcurrido con toda normalidad, si Fudge se hubiera acordado de apretar los frenos al llegar a la zona donde aparcamos las bicis; pero, como no fue así, aterrizó en medio de una pila de bicicletas y cayó allí mismo, tirándolo todo al suelo. No hace falta decir que acabó con rozaduras en los codos, en las rodillas y con los vaqueros hechos un asco.

—No se lo digas a mamá —me pidió— o nunca volverá a dejarme montar en bici.

—Lo va a notar, aunque no se lo diga, tío —le dije—. Estás que das pena.

Lo llevé a la enfermería. La señorita Elliot le lavó las heridas y le puso agua oxigenada. Fudge soltó un aullido, lo que no me extrañó nada. Podía sentir perfectamente cómo escocía la cosa. Pero no acabó así, sino que Fudge siguió chillando hasta que el señor Green, el director, le oyó y vino corriendo por el vestíbulo.

—¿Qué pasa aquí? —preguntó.

—Rozaduras en las rodillas y en los codos —contestó la señorita Elliot.

—Rozaduras en las rodillas y en los codos —repitió él—. Cuando era niño me pasaba eso todo el rato. Me gustaba patinar y me caía, semana tras semana.

Y Fudge, sollozando, le dijo:

—Entonces es que lo hacía muy mal.

—¿Y cómo sabes que lo hacía mal?

—Usted acaba de decir que estaba siempre por el suelo.

—Sí, bueno —dijo el señor Green—. Eso era porque me arriesgaba mucho, ¿comprendes? Bueno, será mejor que te apresures y te vayas a tu clase, porque esta mañana vamos a tener un visitante sorpresa.

—¿Y quién es? —preguntó Fudge.

—Es un hombre muy famoso que se dedica a escribir y dibujar libros para niños. Se llama Brian Tumkin.

—¿Está vivo? —le preguntó Fudge sorprendido.

—Vivito y coleando —dijo el señor Green— y de camino a nuestro colegio.

—¡Brian Tumkin está vivo! No lo sabía. ¿Tú lo sabías, Peter? —me preguntó Fudge.

—Ni se me había ocurrido preguntármelo —dije yo.

El señor Green le miró a la señorita Elliot y le dijo:

—Tenemos mucha suerte de que haya accedido a darnos una charla.

—Me parece que no sé quién es ese señor —dijo la señorita.

—Pues, entonces, es que eres más tonta de lo que yo pensaba —repuso Fudge—. Primero vas y me pones el agua oxigenada sin soplar para que no me pique y ahora... ¿que no sabes quién es Brian Tumkin?

—Nunca soplo sobre las heridas, porque se pueden transmitir microbios.

—Pues mami siempre lo hace —dijo Fudge.

—Bueno —intervino el señor Green—, bueno, bueno... Vamos a clase, ¿eh? Es casi la hora de nuestra charla.

***

A las diez de la mañana, nos reunimos todos en el salón de actos del colegio. Entonces, la señora Morgan, la bibliotecaria, nos presentó a Brian Tumkin y nos dijo que millones de niños en todo el mundo habían leído sus libros y que debíamos de estar la mar de contentos por la suerte que teníamos de que hubiera podido hacernos una visita de última hora a nuestro colegio.

Brian Tumkin salió al escenario. Era alto y tenía el pelo y la barba de color grisáceo. Nos saludó con la mano y luego se volvió hacia el fondo del escenario y pareció hablar con alguien.

—Venga, Uriah —dijo—. Date prisa, que los chicos te están esperando.

No apareció nadie, pero él siguió haciendo como si el tal Uriah estuviera con él. Como si le llevara agarrado de la mano. Y siguió hablándole como si de verdad existiera. Yo pensé: "O este tío está como una cabra o es un actor estupendo". Luego nos miró y nos preguntó si alguno de nosotros veía a Uriah. Y una voz, en las filas delanteras, respondió: —Sí, sí. Yo lo veo.

No tuve que ver a la persona para darme cuenta de quién era.

—Lo véis —dijo el señor Tumkin—. Uno de vosotros lo ve. Ven aquí, jovencito. ¿Cómo te llamas?

Y enseguida sube al escenario nada más y nada menos que Fudge. Claro, yo me hundí en mi asiento.

—¿Cómo te llamas, jovencito? —le preguntó.

—Fudge.

—Vaya, es un nombre muy poco común.

—Sí, ya lo sé —dijo Fudge.

—Oye, Fudge, ¿qué te parecería si hoy me ayudaras en esto de la charla?

—Pues que sería un verdadero privilegio —respondió Fudge.

¡No me lo podía creer! ¡Fudge había aprendido a utilizar bien la palabra! Y se podía ver perfectamente lo impresionado que se había quedado Brian Tumkin, que le contestó:

—Bueno, para mí también lo es.

—Entonces es unánime —añadió mi hermano.

—Oye, ¿sabes que tienes un vocabulario impresionante? —dijo Brian Tumkin.

—En casa aprendo la mar de palabras —contestó Fudge.

—Eso es estupendo.

—Sí, aunque algunas no las puedo repetir en el cole. Como las que dice mi pájaro, que se llama Tío Plumas.

Yo me hundí más en mi asiento.

—¿En qué grado estás, Fudge?

—En el kínder.

—¿Y quién es tu profe?

—Pues empecé con Cara de Rata; pero ahora estoy con la señorita Ziff. Es mucho más maja que Cara de Rata.

En el acto, me tapé la cara con las manos.

—Bueno... este... Pasemos ahora a nuestra "charla de tiza".

—¿Y qué es eso? —preguntó Fudge.

—Pues que yo me siento en mi taburete y tú vas y me describes a alguien que conozcas y yo iré dibujando lo que tú me vayas diciendo. ¿Podrás hacerlo?

—Creo que sí —dijo Fudge—. Pues es un hombre.

—Necesitaré más detalles —dijo Brian Tumkin, cogiendo un pedazo de tiza—. ¿Es alto o bajo?

—Es alto —dijo Fudge— y tiene la tripa tan gorda que le sobresale por encima del pantalón y está ya casi calvo, pero todavía le queda algo de pelo por los costados de la cabeza y suele llevar vaqueros y lleva gafas y su nariz es puntiaguda y tiene un bigote que se le curva hacia abajo alrededor de la boca...

Brian Tumkin dibujaba y dibujaba a la velocidad con la que hablaba Fudge.

—... y tiene un diente roto, justo delante y los pies muy grandes y anda así.

Y Fudge nos hizo una demonstración.

—¿Como pato? —preguntó Brian.

—Sí.

Y, de pronto, me di cuenta perfectamente de quién estaba hablando Fudge; y hubiera salido de allí a todo correr, si no fuera por que en ese mismo momento

Fudge miró hacia el público y dijo:

—¿Dónde estás, Peter, que no te veo? —y me di cuenta de que no podía irme de allí sin que todo Blas me viera; así que me escondí lo mejor que pude y no contesté.

—¡Peter! ¿Es que no me ves, Peter?

Se me escapó un gemido y Joanne, que estaba a mi lado, se rió.

—Es que no encuentro a mi hermano —le dijo Fudge a Tumkin.

—Ya le buscarás luego —dijo éste—. Ahora dime qué ropa lleva ese señor que me has descrito.

—¿Que qué ropa lleva? —dijo Fudge—. Pues lleva una camisa azul y corbata a rayas y pantalón marrón y calcetines marrones y zapatos marrones con cordones marrones.

—Con cordones marrones —repitió Tumkin—, vale; pues ya estamos. He terminado —se limpió las manos de tiza, cogió el papel, lo levantó en el aire para que lo viéramos, y dijo:

—¿Qué? ¿Te recuerda a alguien que conozcas, Fudge?

—Sí —dijo él.

—¿A quién?

—Al señor Green.

Todos se rieron.

Brian sonrió: —¿Y quién es el señor Green? —preguntó.

—El director del cole —contestó Fudge.

Y todos se desfelpaban de risa.

—¿Ah, sí? —dijo Tumkin—. El señor Green... —y se tapó la boca con las manos, conteniendo la risa.

Entonces el mismo señor Green subió al estrado y se presentó a Tumkin. Se dieron la mano y el señor Green le dijo:

—Creo que ha hecho un dibujo precioso y me encantaría ponerlo en mi despacho. ¿Podría usted firmarlo?

—Desde luego —dijo Tumkin—. Me alegro de que le guste —Firmó a lo largo del dibujo y se lo entregó.

Todos aplaudimos.

Y entonces Fudge le preguntó:

—Oiga, señor Green, ¿ha sido esto una catástrofe?

—No del todo, Fudge. Sólo un intento de catástrofe —le contestó el señor Green, riéndose—. Pero de lo que sí estoy seguro es de que volverás a intentarlo.

Y yo sabía bien que no se equivocaba.

Capítulo 12

Tootsie empieza a hablar

Una mañana de mayo, Fudge me despertó bruscamente:

—¡Date prisa, que llegas tarde al colegio!

—¡Vete! —refunfuñé—. ¡Vete de aquí!

Me retiró las mantas de encima y me sacudió.

—¡Que vas a llegar muy tarde! —me volvió a decir.

Miré mi radio-despertador. Las ocho y diez. "¿Por qué rayos no ha sonado?" —pensé y me levanté de la cama de un salto. Me metí en el baño a toda prisa, me lavé la cara con agua fría, me puse algo encima apresuradamente y bajé las escaleras. En la cocina no había nadie.

—¿Dónde estáis, gente? —pregunté.

—¡Ja, ja, ja! —se rió Fudge, dando saltos de contento—. Es sábado. Te he engañado, ¿a que sí?

—Pedazo de ... —chillé, pero Fudge ya había desaparecido por la puerta de atrás, antes de que le pudiera poner las manos encima.

Volví a subir las escaleras como un autómata y me metí en la cama: "Algún día lo mataré" —me dije—. "Lo haré pedacitos".

Di vueltas y vueltas en la cama, pero era imposible: no podía volver a dormirme. La oí balbucear a Tootsie. Me levanté y fui a su cuarto. Estaba sentada en su cuna, tirando sus juguetes al aire uno tras otro. Cuando me vio, se puso de pie y abrió sus brazos. La saqué de la cuna.

—¡Yok! —le dije—. ¡Hueles muy mal, hija mía!

La senté en su mesa y le cambie el pañal. Lo peor de los bebés son los pañales. La limpié y la espolvoreé enterita con talco.

—¡Yok! —dijo Tootsie.

—Sí, eso mismo —le dije—. ¡Yok! Niña sucita.

La bajé a la cocina, la puse en su sillita alta y le di un cuenco de cereales para que tuviera algo que masticar.

Fudge se asomó por la puerta de atrás y, en cuanto me vio, echó a correr otra vez, pero esta vez lo alcancé. Cuando lo agarré, le puse cabeza abajo, me lo eché sobre el hombro y le llevé de vuelta a casa.

—¡Voy a gritar! —dijo.

—Grita y eres hombre muerto —le advertí yo.

—Si me pegas, se lo diré a papá y mamá.

—Pues nada, díselo —y abrí de una patada la puerta batiente de la cocina.

Cuando Tootsie le vio a Fudge cabeza abajo empezó a reírse y a aplaudir. Para entonces, la cara de Fudge se había puesto morada.

—¡Bájame, bájame! —gritó Fudge.

—No pienso —le contesté.

—Era sólo un juego —gimoteó—. ¿No eres capaz de aguantar una broma?

—Pues, ¡vaya broma! —dije yo.

Fudge daba patadas en el aire y chillaba:

—¡Bájame, bájame!

—Di, por favor —le dije.

—¡Por favor! —chilló.

—Por favor, ¿qué? —le pregunté.

—Por favor, ¡bájame al suelo!

—Ahora vas a decir: "No te volveré a despertar en sábado".

—No te volveré a despertar en sábado —repitió Fudge.

—Ni en domingo —añadí.

—Ni en domingo —repitió él.

—Ni en vacaciones —volví a decir yo.

—Ni en vacaciones —repitió Fudge.

—Dime que sientes mucho lo que has hecho hoy —le dije.

—Lo siento.

—¿Cuánto lo sientes?

—Lo siento mucho.

—¿Mucho, mucho? —le pregunté, entonces.

—Sí. Mucho, mucho, mucho, mucho.

Lo puse de pie y me lo quedé mirando hasta que volvió a su ser y su color cambió de morado a carne otra vez.

—¡Ja, ja, ja! —me dijo, corriendo ya fuera de mi alcance—. He tenido los dedos cruzados detrás de la espalda y eso quiere decir que nada de lo que he dicho es verdad —y volvió a salir de la casa.

—Este tío es imposible —pensé.

—¡Yok, Yok! —dijo Tootsie, al mismo tiempo que cogía el cuenco y lo tiraba al suelo.

***

Una hora más tarde apareció mamá bostezando, mientras se ataba el cinturón de la bata.

—¿Por qué te has levantado tan temprano, Peter? —me preguntó.

—Sería muy largo de contar —le respondí.

—Bueno, hace un día precioso; así que mejor no desperdiciarlo —llenó una taza de leche para Tootsie y luego preguntó—: ¿Dónde está Fudge?

—Afuera, con Tortuga.

—Es madrugador —dijo mamá.

—A quien madruga, Dios le ayuda —le dije yo.

Mamá asintió y se preparó una taza de café.

Fui a casa de Alex.

—¿Por qué no hacemos hoy algo distinto? —propuse.

—¿Como qué?

—Pues ése es el problema, que no lo sé.

—Podíamos irle a buscar gusanos a la señora Muldour —sugirió Alex.

—No, es muy pronto para eso. Recuerda que le dije que los mejores se cogen a finales de verano.

—Bueno, pues entonces, ¿qué?

—Lo pensaremos —le dije.

Nos quedamos en su casa viendo la tele un rato; pero sólo estaban dando dibujos animados aburridísimos, típicos del sábado por la mañana. Mientras veíamos "El hombre araña", se me ocurrió una idea:

—¿Y si fuéramos de excursión? —le pregunté.

—¿Dónde iríamos?

—No sé.

Alex se rascó la cabeza.

—¿Y si fuéramos al lago? Podíamos ir al río a comer y ver a los de la uni cuando van a remar, ¿no?

—Sí, buena idea —le dije—. ¿Qué tienes para comer?

—Nada, seguramente —me contestó.

Entramos en la cocina.

—Mi madre hace la compra los sábados —dijo y abrió la puerta del frigo—. ¿Lo ves? No hay nada —y le dio un portazo a la puerta.

—Mi padre compra los viernes —dije yo—. Vamos a ver qué hay.

En casa había pollo frío, tomates, pan integral, fruta y limonada congelada.

—¡Jo! ¡Qué gozada! —dijo Alex—. ¡Vamos a preparar lo que vamos a llevar!

Me puse a hacer unos sándwiches, mientras Alex preparaba la limonada.

—No te olvides de la sal —me recordó Alex.

—Vale... y tampoco de la mayonesa —añadí.

—Pero, tío, no puedes llevar mayonesa en una excursión —dijo él.

—¿Por qué no?

—Porque es una pegajosería; por eso —dijo—. Y, además, te puedes poner malo.

—¿Quién te lo ha dicho?

—Lo sé, porque a mi madre le pasó —dijo Alex—. Se intoxicó por tomar ensalada de patatas con mayonesa, yendo de acampada.

—Pero nosotros no llevamos ensalada de patatas.

—Fue la mayonesa la que le envenenó: no las patatas, tío.

—Pero no vamos de acampada —le dije—. Sólo vamos al lago.

—Pues yo no quiero mayonesa. Ni un poco.

—Vale, pues yo sí —y me la puse en las rebanadas

de mi sándwich.

—No te olvides de la sal —repitió.

Saqué el salero del bolso de la comida; lo levanté y eché sal en la cabeza de Alex.

—¡Qué gracioso eres! —me dijo, sacudiéndose.

La puerta batiente se abrió y aparecieron Fudge y el perro. Tortuga fue a beber agua a su cuenco y empezó a hacer los ruidos de siempre.

Fudge miró nuestros preparativos de arriba a abajo.

—¿Qué hacéis? —preguntó.

—¿Y a ti qué te parece? —le contesté.

—Pues me parece que estáis preparando la comida —dijo.

—Eso es. Nos vamos de excursión.

—¿Nos vamos?

—Nosotros. Es decir Alex y yo.

—¿Dónde vais?

—Al lago.

—Y yo también —dijo Fudge.

—¡No, señor! ¡Tú, no!

—¿Por qué no?

—Pues, porque no estás invitado. Por eso.

—Pero... ¡a mí las excursiones me gustan cantidad!

—Pues cómo lo siento —le contesté.

—Ya te dije que lo sentía mucho —dijo él.

—Sí —le contesté—, y también dijiste que habías cruzado los dedos detrás de la espalda y que no servía.

—Pero... es que era mentira.

—¿Sabes qué les pasa a los mentirosos, Fudge?

—No.

—Pues ya te enterarás —y le aparté para seguir con mi rollo.

Él se fue a todo correr, gritando:

—Mami, mami, ¿puedo ir al lago con Peter?

—No —dijo mamá.

—¿Por qué?

—Porque está lejísimos y, además, en esa carretera hay mucho tráfico.

Fudge empezó a patalear y a chillar: —¡Yo me quiero ir al lago! ¡Me quiero ir de excursión! —y, cuando nos vio salir con las bolsas de la comida, se abalanzó sobre mí y se agarró de mi pierna.

—¡Llévame! ¡Llévame! —chillaba.

—Venga, tío, ¡piérdete! —y me desasí—. Llámale a Daniel o cuenta hormigas o haz lo que quieras.

Fudge se cubrió los oídos con las manos; abrió la boca de par en par y se puso a gritar como un loco.

—Acabará afónico —dijo Alex.

—Venga, ¡vámonos! —le dije.

Saltamos sobre las bicis y fuimos pedaleando por la orilla de la carretera. Fudge empezó a tirarnos piedras; pero no acertó a pegarnos. A dos manzanas de distancia, todavía oíamos sus berridos.

***

Alex tenía que volver a su casa a las tres y media porque tenía clase de piano. Además, para entonces ya habríamos visto lo suficiente a los remeros de la uni (y ni qué decir de los bichos del lago). Cuando llegué a casa, mamá y papá estaban trabajando en el jardín y Tootsie dormía en una tumbona.

—¿Qué tal la excursión? —me preguntó mamá.

—Díver —le respondí—. Muchas hormigas y eso,

pero divertida.

—No te olvides de lavar el termo —me recordó papá.

—Descuida —le contesté—. ¿Y dónde está Fudge?

—Pues en casa de Daniel, supongo —dijo mamá—. Estaba furioso.

—Ya me di cuenta —dije yo.

A las cuatro, sonó el teléfono. Yo contesté. Era la madre de Daniel para que le dijera que ya era hora de volver a casa.

—Pero si Daniel no está aquí... —le dije.

—Entonces, ¿dónde está? —preguntó ella.

—Pues no lo sé —respondí—. Espere un momento, por favor —dejé el teléfono y llamé a mis padres por la puerta de atrás.

—Es la señora Manheim... Está buscando a Daniel.

Mamá corrió al teléfono, secándose las manos en los vaqueros.

—Señora Manheim... Pensábamos que estaba ahí... No, no... desde las once y media, más o menos... ¿Qué dice que ha encontrado?... ¡Ay, no!.. No creerá que... Sí, claro, ahora mismo —y colgó el teléfono.

—¿Qué sucede? —preguntó papá, que se había acercado al teléfono.

—Dice que ha encontrado la hucha de Daniel hecha pedazos y que el dinero no estaba.

Mamá subió a todo correr al cuarto de Fudge y nosotros la seguimos.

—*Bonjour* —dijo Tío Plumas.

—¿Dónde guarda él la hucha que le regaló la abuela por su cumpleaños? —preguntó mamá, ignorándolo.

—¡Aquí! —dije yo, que la vi en una balda—. ¡Y está vacía!

—¡*Bonjour*, estúpido! —dijo Tío Plumas.

—¡Cállate tú! —le contesté yo.

—Cállate tú... tú... tú... —repitió él.

—¿Cuánto dinero podía tener que tú sepas? —preguntó mamá.

—Pues... unos dos dólares con cincuenta centavos —le contesté—. Precisamente los contó ayer a la noche.

—Así que tienen unos siete dólares entre los dos —dijo mamá.

—Siete dólares... siete dólares... siete dólares —repitió el estornino.

—No pueden ir muy lejos con ese dinero —dije yo.

—Peter, ¡por favor! —me dijo mamá.

Al cabo de un rato apareció la señora Manheim en un deportivo rojo. Llevaba unos vaqueros cortados por la pierna, una camiseta con un lema que decía "Esquí abrupto" y unos tenis con las puntas cortadas. El pelo lo llevaba recogido en una trenza que le caía por la espalda.

—Creemos que se han ido al lago —dijo papá.

—¡El lago! ¡Dios santo! ¡Daniel no sabe nadar! —dijo ella.

—Fudge tampoco —repuso mi madre.

—Sí que sabe —intervine yo—. A lo perro.

—Peter, ¡por favor!

—Además, ¿por qué iban a ir a nadar? El agua está demasiado viscosa como para nadar.

—Peter, ¡por favor! —dijo papá.

—¿Qué? —dije yo.

—Silencio; que estamos pensando.

—No perdamos más tiempo —se impacientó la señora Manheim—. Vamos a buscarlos de una vez.

—Warren —dijo mamá—. Tú vete con la señora Manheim.... Yo me quedaré aquí con Peter, por si llama alguien por teléfono.

Tootsie dormía como una piedra en la tumbona y, cuando se fueron, mamá me dijo que la metiera dentro de la casa. La cogí en brazos y así lo hice. Ella abrió los ojos, me miró y dijo:

—¡Yok!

A las cinco de la tarde sonó el teléfono:

"Ya está" —pensé—. "Lo han encontrado deshecho en la carretera, con la bici destrozada a su lado o a lo mejor lo ha encontrado el equipo de remo de Princeton. A lo mejor lo han sacado del lago con la cara morada e hinchada". Se me hizo un nudo enorme en la garganta. "Si le hubiera dejado venir de excursión, nada de esto hubiera pasado. Si, cuando me despertó a la mañana, yo no hubiera deseado que se muriera... Pero, ahora es muy tarde".

Me imaginé el funeral. Fudge y Daniel en sus pequeños ataúdes blancos...

—¡Peter, contesta tú! —me dijo mamá cuando sonó el teléfono.

—Diga —contesté; y la voz casi no me salía del cuerpo—. ¿Qué le diría a mamá si me daban una noticia espantosa?

—¡Hola, Peter!

—¡Fudge! ¿Dónde estás?

—Adivina...

—¿En la estación de tren?

—No.

—¿En la de autobuses?

—No.

—¿En la... comisaría?

—No. ¿Te rindes?

—Me rindo. ¿Dónde estás?

—En la panadería Sandy.

—¿La que está al lado de la autopista?

—Sí.

—¿Y fuiste en bicicleta hasta allí?

—Fue la mar de fácil.

—¿Y Daniel está contigo?

—Sí.

Mamá me arrancó el teléfono de las manos.

—¡Ay, Fudge, mi vida! ¡Qué contenta estoy de que estés sano y salvo. ¡Estábamos tan preocupados! ¡No te muevas ni un pelo de ahí, que ahora llegamos!

Nos metimos al coche de un salto. Yo la coloqué a Tootsie en su sillita especial y salimos pitando. Nos encontramos con papá y con la señora Manheim cerca del lago y les dijimos las buenas nuevas. Entonces se pusieron detrás de nosotros para coger la autopista.

Fudge y Daniel nos esperaban fuera de la panadería. Se los veía muy pequeños allí parados. Fudge llevaba una bolsa de papel con el logo de Sandy. Mamá estacionó, saltó del coche y lo abrazó con todas sus fuerzas.

—¡Qué contenta estoy de verte, Fudge!

Volví a sentir un nudo en la garganta, pero esta vez era diferente.

—Ten cuidado, no los aplastes o te vas a quedar sin tus pasteles de chocolate, mami —le dijo Fudge.

Cuando llegamos a casa, Fudge se sentó en el sillón preferido de mamá y dijo: —Fuimos a comer a ese sitio de cosas guay. El que está al lado de Sandy y nos dividimos un sándwich de crema de anchoas.

—Y tomamos un batido cada uno —añadió Daniel, repanchigado en el sofá de papá.

Mamá, papá y la señora Manheim estaban sentados uno al lado del otro, de cara a los fugitivos.

—Sabéis que lo que habéis hecho está muy mal —dijo mamá, abriendo el fuego.

—Ha sido algo muy irresponsable. Una locura —dijo papá.

—Y peligroso, además —prosiguió mamá.

—Y una tontería, también —dije yo.

—Y, aunque nos alegramos mucho de veros, estamos muy enfadados a la vez —dijo a su vez la señora Manheim.

—¡Muy enfadados! —repitió mi madre.

—Y hay que castigaros —dijo mi padre.

Fudge y Daniel se miraron.

—¿Se os ocurre algo? —les preguntó papá.

—Meternos en la cama a las ocho —contestó Fudge.

—No me parece apropiado —dijo mamá.

—¿A las siete? —preguntó Fudge, bostezando.

—Sí —le contestó la señora Manheim—, porque estáis muy cansados; pero eso no es un castigo.

—¿Y quitarles las bicis por un mes? —propuse yo, suponiendo que todos se abalanzarían sobre mí diciendo: "Pero, Peter, ¡por favor!, etc... etc..."

Se hizo un silencio.

—¡Nooo! —gritó Fudge.

—¡No es justo! —chilló Daniel.

Mamá, papá y la señora Manheim se intercambiaron sendas miradas.

—Me parece que eso es muy razonable —opinó papá.

—Estoy de acuerdo —dijo la señora Manheim.

—Y yo —dijo mamá.

No podía ni creérmelo. Por fin me tomaban en serio.

—¿Y cómo vamos a ir al cole? —preguntó Fudge, haciendo pucheritos.

—Pues, caminando —dijo mamá—. Como antes. Como cuando no teníais bici.

—Pero, mami —empezó Fudge—. Si tú me quisieras...

—Lo hago precisamente porque te quiero y porque quiero que tengas cuidado.

Fudge se levantó y dio una patada en el suelo.

—¡No debí traerte pasteles, mamá! ¡Si lo sé, no te los traigo! —gritó.

**

Papá cogió sus bicicletas, las encadenó y las colocó en una balda del garaje.

—Espero que aprendáis que no podéis huir de casa cada vez que sucede algo que no os guste.

—Huir no resuelve nada —dijo mamá.

—Pues, nos lo pasamos fenomenal —repuso Daniel—. ¡Ja, ja, ja!

—Y nos dimos una buena panzada de comer —añadió Fudge—; y, además, os hemos demostrado que podemos llegar al lago en bicicleta.

—No —dijo papá—, lo único que habéis demostrado

es que no estáis listos para tener el privilegio de usar la bici.

Fudge y Daniel se miraron el uno al otro, pero esta vez se echaron a llorar.

Para la cena, hicimos pedir una pizza. Daniel paró de llorar sólo para recordarle a mamá que: —No como nada que tenga cebollas o guisantes.

Y ella le contestó: —¿Cómo podría olvidarlo?

***

Después de que Daniel y la señora Manheim se marcharon, mamá puso su último disco de Mozart en el estéreo y nos sentamos todos en la mesa de la sala para tratar de armar nuestro puzzle: uno en que se ven unas montañas al atardecer. Hasta el momento, sólo hemos conseguido armar una esquina.

—Pues también Peter se escapó de casa una vez —dijo Fudge con una de las piezas del puzzle metida en la boca. Se la quité y le dije:

—Pensé en escapar, pero nunca lo hice.

Puse otra pieza en su sitio.

—Y papá también quizo escapar cuando decidió no seguir trabajando —continuó Fudge, apilando unas piezas del puzzle color naranja ocaso.

—¿Cómo? —preguntó papá.

—¿No es por eso por lo que vinimos a Princeton? —preguntó Fudge.

—No, por supuesto que no —dijo papá—. ¿Quién te ha metido esa idea en la cabeza?

—Nadie —respondió Fudge—. Ha sido idea mía.

—Pues no es verdad —dijo papá.

—Entonces, ¿por qué vinimos a Princeton? —preguntó Fudge.

—Para cambiar de aires —le explicó papá.

—Pues por eso quería yo ir al lago —dijo Fudge—. Para cambiar de aires.

—Hablando de Princeton y hablando de cambios —dijo mamá, que se acababa de liquidar su tercer pastel de chocolate—, resulta que Millie y George volverán pronto y tenemos que decidir qué vamos a hacer.

—¿Cómo? No entiendo —le dije.

—Bueno, pues, que o buscamos otra casa aquí en Princeton o nos volvemos a Nueva York.

—¿Eso quiere decir que podemos elegir? —le pregunté—. ¡Siempre pensé que estábamos en Princeton y ya!

Apareció Tootsie; cogió un manojo de piezas del puzzle y se largó con ellas.

—¡Eh! —le dije—. ¡Trae eso aquí! —La perseguí por la habitación hasta atraparla; le di un ratón de goma y ella soltó las piezas.

—No es que me entusiasme la idea de coger el tren todos los días —dijo papá—; pero, si vosotros queréis quedaros en Princeton, lo haré.

—¿El tren? —le pregunté.

—Sí —dijo papá—, voy a volver a trabajar en la agencia.

—¿No vas a seguir escribiendo? —le pregunté.

—Por ahora no. He descubierto que no soy muy buen escritor. Incluso puede que no acabe nunca mi libro —nos confesó papá.

Yo ya lo sabía, pero no quise decir nada.

—En cambio, soy muy bueno en publicidad; y, además, me apetece mucho volver a trabajar; lo que no significa que quiera ser el presidente de la agencia donde trabajo, Peter.

—Lo sé, lo sé —dije—. Y tú, mamá, ¿qué harás? —le pregunté.

—Bueno, si papá vuelve a trabajar, sí que me gustaría empezar a estudiar historia del arte. A lo mejor en la Universidad de Nueva York.

—Y la universidad está en la ciudad, ¿verdad?

— Sí, en Greenwich Village —contestó mamá.

—¿Así que los dos queréis volver a la ciudad? —pregunté.

Mis padres se cogieron de las manos y mamá dijo:
—Creo que sí.

—¿Y tú, qué, Peter? ¿Qué quieres hacer? —me preguntó papá.

—No lo sé —le contesté—. Me he acostumbrado a Princeton; pero todavía echo mucho de menos New York.

—Pues yo no me acuerdo —dijo Fudge.

—Que sí, tío; que sí —le dije.

—Que no; que no me acuerdo —insistió él y preguntó—: ¿Se puede andar en bici?

—En algunos sitios como en Central Park, sí —le contesté.

—Me acuerdo de Central Park —añadió Fudge.

—Y te acordarás de nuestro apartamento y de Henry y del ascensor —le dije.

—Ah, sí, es verdad. Me acuerdo de Henry y del ascensor.

Mamá y papá se rieron.

—¿Y tú, qué? —dijo Fudge—. ¿Dónde quieres vivir, Tootsie: en Princeton o en New York?

—¡Yok! —dijo Tootsie.

—¿Habéis oído eso? —dijo Fudge.

—¡Yok! —repitió Tootsie.

Mamá y Papá se miraron sorprendidos.

—¡Es su primera palabra! —dijo Fudge—. ¡Y quiere vivir en New York!

—Nu Yok —dijo Tootsie.

Yo era el único que sabía que Tootsie se había pasado el día diciendo eso; que no tenía nada que ver con el nombre de la ciudad; pero me volví a callar.

—¡Es una decisión unánime! —dijo Fudge.

—Ésas son palabras mayores —añadió mamá.

—Conozco un montón de palabras mayores —continuó Fudge—. ¡Te sorprenderías de todas la palabras mayores que conozco, mami!

—Mi Fudge, mi cielo —dijo mamá—. Eres una cajita de sorpresas.

***

Así que volvemos —pensé—. Volvemos a la "Gran Manzana"[8], a nuestro apartamento. Otra vez Jimmy Fargo y Sheila Tubman y mi roca del parque. Otra vez a pasear a Tortuga e irle detrás con el recogedor. Pero vale la pena. Vaya que sí.

---

[8] "*Big Apple*" o "Gran Manzana": nombre que se le da a la ciudad de New York.